かつて聖女と呼ばれた魔女は、

登場人物紹介

イオス

アストレイアの住む森の近くにある城塞都市に赴任してきた騎士。

砦に向かう途中で崖から馬車ごと滑落し瀕死の重傷を負ったが、アストレイアに助けられる。

アストレイア

かつて帝国軍に攻め入られ危機に瀕した国を護った『救国の聖女』。
400 年経った今でも国民から崇拝される存在だが、力の代償で不老不死の魔女となったため、人目を避けて誰も訪れない森の奥で暮らしていた。

謎の女性
神秘的な雰囲気をまとう妖艶な美女。
人間ではないようだが……？
スファレ
城塞都市の騎士団を束ねる隊長。イオス
の上司にあたる。

CONTENTS

プロローグ　かつて聖女と呼ばれた魔女は、

かつて、とある王国が隣国に攻め入られ、危機に瀕したときのこと。
多くの仲間や友人を亡くした村娘が一人、魔女として軍の最前線に現れた。
「これ以上私のような想いをする人が出ないように、戦いを終わらせます」
そう願った少女は最前線で友を支え、敵をなぎ払ったとされている。
少女が立つ戦場には、一度の敗北も生まれない。
少女は数々の勝利を国にもたらし、ついには救国の聖女として国民から崇拝された。
しかし、彼女のその後を知る手立ては存在しない。
聖女はある日、忽然《こつぜん》と姿を消したという。
その際には置き手紙の一つさえ、なかったという。
ゆえに聖女のその後は、何も記録に残っていない。
そして四百年が経ち、魔女という術者が世からほとんどいなくなった今。
彼女のその後は、やはり誰も知らないままだ。

第一話　天災がもたらした、一つの出会い

久々に買い物に出かけたというのに、大雨に遭遇するなんて、最悪だ。

そんな憂鬱《ゆううつ》な気分になりながらアストレイアは山の中の道なき道を進んでいた。元々足場はよくない場所だが、雨のせいでぬかるみが酷《ひど》い上に視界も悪く、歩きにくさは普段と比べものにならないほどだ。

それでもアストレイアはすでに四百年ほどこの森に住んでいる。

自分がどこを歩いているかくらいは把握しており、迷う心配は一切ない。

（……でも、もう四百年になるのね。この間、三百五十年って思ったばかりだったのに）

それにアストレイアが気付いたのは買い出し途中に『聖女祭・四百年記念』という声を聞いたからだ。

今年でついに四百回目を迎えるという『聖女祭』は、かつて戦火に苦しんだこの国を救った一人の魔女を祀《まつ》る祭典だ。

約四百年前、アストレイアの住む王国は、隣国であった帝国からの大規模な侵攻を受けていた。

多くの兵が屍《しかばね》となり、多くの村が戦火で焼かれ、国民が悲嘆に暮れていた。

しかし、そのとき一人の魔女が歴史に姿を現した。

敵軍からは『悪鬼の娘』と呼ばれ、王国軍からは後に『救国の聖女』と呼ばれることになる、一人の少女――

（それが、私みたいな小娘だったたって知られたら、いったい歴史評論家の方々はなんと仰《おっしゃ》るのかしらね）

亜麻色の長い髪と緑色の瞳を持つ村娘らしい姿は、一見して聖女とも悪魔とも見られることはないだろう。

しかしアストレイアとて、当時の自分がここまで長生きをするなんて――不老不死になるなんて、思ってもみなかったことである。

聖女祭は終戦翌年から一回目を数えたわけではない。終戦後幾年かが経過し、聖女が忽然と姿を消した翌年から開催されている。

そのためアストレイアにとってはその開催数が人との関わりをたった年数と同じであり、森での生活を始めたのとだいたい同じ年数なので、「何年森で過ごしているだろうか」と知りたいときにはわかりやすい。ただ、日常でそんなことを考えることはないし、街にいくのも年に一回程度なので、タイミングが合わなければ気付かないままであるのだが。

「なんて、思い出に浸っていても仕方ないんだけど……」

それでも久々に聖女祭などという単語を聞いてしまえば考えてしまうのもまた仕方のないことだ。

森で暮らしているアストレイアも、街を歩くこと自体は嫌いではない。

そこで暮らす人々の笑顔を見れば、かつての戦いの結果が今に繋《つな》がっているのだと認識することができ、多くを失った戦いにも意味があったのだと知ることができるからだ。

しかし不老不死となった今のアストレイアは人と異なる刻《とき》を歩まざるを得なくなっている。通常年を取らない人間は畏怖《いふ》や恐怖の対象だ。そのことが理解できるからこそ、アストレイアは不老不死だと気付いた四百年前に誰にも言わず森へ隠居し、以来、必要最小限の買い出し以外は人と関わらない生活を送っているのだ。

それは不老不死になることを知らなかったとはいえ、戦争を終結させるための力を望んだ代償なので、仕方がないことなのだとアストレイアも自覚している。

だが、一方では楽しそうに暮らす人々を羨《うらや》ましく思うのも事実である。諦めてはいるが、羨む気持ちがないわけではない。

「……もうひと月くらい買い物なんて我慢すればよかったわ」

それなら聖女祭のことを聞くことも、このようなことを考えることも、そして眼前の悪路を進む必要もなかったと思うと本当に悔やまれる。

ただし悪態をつこうとも、雨や嵐に襲われようとも、アストレイアの衣服や荷物は少しも濡れる心配はない。

それはアストレイアが自分の周囲に少しだけ風の層を作り、雨粒に当たることを避けているからだ。これは魔女にとっては簡単なことだ。アストレイアには水も滴《したた》る良い女になるつもりは毛頭ない。寒くなってしまうだけだ。

しかし雨に濡れずとも、視界が悪いのは防ぎにくい。

（風を吹かせれば視界もよくなるけど、自分と荷物を庇《かば》いながら複数の魔術を使うのは面倒なのよね）

そもそもそれを面倒に感じなければ、雨を防ぎながら空を飛んで一目散に帰宅している。しかしその細かい魔術の調整が面倒なので、こうやって歩いているのだ。

「空も明るかったから降らないと思っていたのに……見通しが甘かったわね」

これなら出発前に面倒臭がらず天気占いを済ませておけばよかった……などと考えても後の祭りだ。アストレイアの天気占いは大地の気や水の気配を読み取るものなので、外れることはほとんどない。だが、面倒臭がってしまった結果が今の状況……つまりより面倒なことになってしまった。失敗だと思わざるを得ないだろう。

アストレイアが歩いている現在地から住まいの小屋までは、まだもう少し距離がある。

（帰ったらゆっくり寝よう。どうせこの調子なら、明日も雨だし、ゆっくり寝るのが一番ね――）

そう思っていたとき、大きな雨音でもまったくかき消されないほどの轟音《ごうおん》が辺りに響いた。

それは数年ぶりに心臓が跳ねたとアストレイアが思えるほどだった。

「……なに？」

嫌な予感がする。そう思ったアストレイアは進行方向をすぐに変えた。

音がしたのは崖の方からだ。

ここからは少し離れているが、この先には山越えのための道がある。しかしその距離にも拘《かかわ》らず音が届いたのだ。

（もしかして――）

翔けるように走り現場に向かえば、滑落したと思われる大破した荷馬車が目に入った。

アストレイアは手荷物を投げ捨て、その場に駆け寄った。

状況から軽傷で済むなど期待できないことは一目瞭然だ。

（それでも、音がしたのはついさっき。まだ、息があるかもしれない！）

馬は弱々しくも動きがある。ただし、首はやや妙な方向に曲がっているし、多量の血を流している。そして馬の脇には人影も見つけることができたが、頭部から流れた血は顔の半分を覆っている。

当然、意識はない様子だった。

そのとき、アストレイアの頭には昔の記憶がフラッシュバックした。

荒野、息ができなくなった仲間、赤く流れる血。遠くで多くの叫びを聞きながら、それでも間に合わなかったという思いしか浮かび上がらなかった過去。

一瞬飲みこんだ息は吐きだし方さえ忘れてしまった。

しかし倒れた人間の指先がわずかに動いたことを見て、アストレイアは頭《かぶり》を振って、浮かび上がった景色をかき消した。

「ちがう。この人は、まだ、死んでない……！」

アストレイアは叫ぶや否《いな》や、まずは風圧で人の上に積み重なる瓦礫《がれき》を吹き飛ばし、現れた青年の身体に向けて両手を重ね、力を込めた。

青年の衣服にも血は滲《にじ》んでおり、怪我の深刻さは想像通りひどいものである様子だった。

しかしそれでもすぐに治癒させれば命の危機は脱せるはずだ。

「今の私なら、絶対に助けられる」

アストレイアの言葉と同時、その手の中から生まれた暖かくまばゆい光は辺り一帯を包み込んだ。それは暗い森の中を一瞬で明るく照らすほどの強い光であった。

その光はしばらく周囲を照らしていたが、そのうちに小さくなり、森に溶けて消えていった。その代わりにその場に残されていたのは大破した馬車と、その脇で立ち上がる馬と、そして雨に打たれながらも先ほどより穏やかな呼吸をしている青年の姿だった。顔の血は相変わらずだが、新たに血だまりを作ることもない。血さえ拭《ぬぐ》えば寝ているようにも見えるだろう。

ひとまず一命はとりとめたようだ――そう安堵《あんど》したアストレイアだが、次の瞬間、身体に強い痛みと息苦しさを感じ、地に手をついた。息も激しく荒くなる。

(四百年ぶりに使ったけど、やっぱり、これはしんどい……！)

単純に対象者を回復させる術が使えたらよいのだが、あいにく魔女はそのような能力を所持していない。

かろうじてできる回復魔術は、自らが相手の怪我を引き受け、同時に自分の体力を譲り渡すという交換術だ。ただしその回復具合も等価というわけではなく、引き受ける怪我はおおよそ五割増しで大きくなる。つまり重体の相手の怪我を引き受けると普通であれば術者が死んだ上でも治癒に成功するかどうかという賭けになる。

だいたいアストレイアだってこれほど重症の人間に術を施《ほどこ》したのは初めてだ。

「たぶん不老不死じゃなきゃ、私も死んでるわ」

呼吸が安定した青年に向かってアストレイアは溜息《ためいき》をついた。

未だ意識がないとはいえ、容体が安定したとなれば先ほどまでの緊張感もどこかへ消えてしまった。

そして考えたのは……この青年をどうするか、という問題だ。

反射的に助けてしまったものの、あとのことは考えていなかった。ただ、青年が死なないのであればこれ以上面倒を見ることにも抵抗がある。

（どうしよう、放っておきたい。関わってもいいことなんて、絶対起きない）

だいたいこれ以上の面倒をみるとなれば、自分の住処《すみか》に案内せざるを得なくなる。人と出会うことのない深い森で、わざわざ人を招くなど……何のためにここに住んでいるのかわからなくなるではないか。

（でも……この雨だもの。この場所に放置していると、崖崩れに巻きこまれる可能性もあるのよね……）

そもそも危機を脱したとはいえ、怪我も細かい傷までは治すことができておらず、顔の血をぬぐってやっても小さい傷が残っている。身体にも、きっと残っているだろう。

『このくらいの怪我も大丈夫だ、崖崩れだって発生しない』という思いと『怪我だって治っていないのに冷たい雨に一晩打たれ続けさせる気か、崖崩れだって発生しないとなぜ言いきれるのか』という反論でせめぎ合い、アストレイアの足はどうしても帰路に向かわない。

アストレイアはそんな自分に対して深く溜息をついた。

いつの間にか自身を覆っていた風の魔術は解いてしまっており、雨に濡れた服が身体に貼りついて気持ちが悪い。最悪だ。顔に貼りつく髪を横に払いながら、諦めた調子でアストレイアは口を開いた。

どうせ、こうして考えていてもここに留まる時間が増えるだけだ。

「……きみは、協力してくれるかな?」

アストレイアが語りかけた馬は、それに気合いの入った鼻息で返事をした。

これでどうやら、『重くて運べなかったから放置した』という言い訳も消し去られてしまったらしい。


アストレイアの家は丸太小屋も同然だ。家の中にはベッドにテーブルと椅子、それからいくつか戸棚が置いてあるだけだ。

身体の汚れは浄化の魔術で落とせるし、死なないので食事も必要ない。だから今まで一度も不都合など感じなかったのだが――今、初めて困った状況に遭遇していた。

まずは連れてきた馬をどこに待機させるかという問題だ。

外は未だ雨が降っている。アストレイアの家に軒先はないし、馬小屋もない。だからといって、外で待機させるのはあまりに可哀想《かわいそう》だ。

小動物を含め今までに獣を家に入れたことはなかったが、ほかに居場所がなければ仕方がないと家に招き入れた。馬が非常に大きいため多少不安はあるのだが、青年を落とさず上手《うま》く運んでいた様子から、きっと暴れないだろうという信頼も込めている。

「だから……大人しくしていてね？」

不安を抱くアストレイアに、馬は再び気合いの入った鼻息を返した。よし、信じることにしよう。

これで一つ目の問題は解決した。

しかし……次はより深刻な問題が待っていた。

「寝床、一つしかないんだけど……」

青年にベッドを譲れば、自分は床で眠らざるを得ないだろう。

それ自体は構わない。だが、青年に自分のベッドを譲るという行為自体が非常に恥ずかしい。だいたいそれ以前に寝所に男性を招くなど、とんでもない行動だと四百年前の知識は訴えている。

（で、でも‼　そもそも、男性どころか馬が入ってきている状態はイレギュラーなのよ、それにここは寝所ではなくただの家！　だから、これは仕方がないこと……‼）

アストレイアはそう自分に言い聞かせると、青年をベッドに横たえようとして――三つ目の問題に気が付いた。青年の衣服は血と雨でひどく濡れている。このままでは青年は風邪を引いてしまうかもしれない。

「……でも、男物の服はないし……そもそも脱がせるとか、はしたないし……！」

自分で言いながら顔を赤くしたアストレイアは、大きく頭を振った。

（ちがう、やましいことなんてなにも考えていないわ。だから恥ずかしがる必要もないし、だいた

い怪我も治ったか見なきゃいけないじゃない‼）

そうだ、怪我の様子をみるために上着を脱がせることは、正当な行為なので、なにも問題ないはずだ――そう、再度自身に言い聞かせたアストレイアは青年をベッドの上に横たわらせ、少し震える指先で青年の上衣のボタンを一つずつ外していった。……やっぱり、恥ずかしかった。

そしてすべてボタンが開いたところで、アストレイアは青年のシャツを勢いよく左右に開き、直接手で肌を触ってみた。

（……骨折はなさそう、かな。もしくはもう治せてる）

触診でも青年が苦痛の表情を浮かべなかったことに安堵したアストレイアは身体に付着していた血を布でふき取り、脱がせた服を椅子にかけて干すことにした。

魔術で乾かすこともできるが、今はとことん疲れているので極力魔術は使いたくない。そもそも乾燥は割と乱暴に熱風を吹かせることしかできないので、よほどのことがない限り普段も物干し竿《ざお》に干しているのだ。街にでる回数を減らすには、布は大事に扱いたい。熱風のちょうどいい温度がわからないので、魔術だとすぐに服を傷めてしまう。それでも一応、血の汚れだけは魔術でさっと落としておいた。青年が起きたときに血染めの服を着せるわけにはいかない。しかし、そのような些細《ささい》な術にさえ今のアストレイアは痺《しび》れを感じてしまった。よほど魔力が尽きかけているらしい。

「でも、とりあえず最低限必要な処置は終わったわね。この人も、お布団をかぶせてたら風邪は……引かない、よね？」

少し自信がないのは、人間とはどのくらいで風邪を引くものだったかという記憶が曖昧《あいまい》なせいだ。

不老不死になる前からほとんど風邪を引かなかったアストレイアは、そのようなことなど綺麗《きれい》さっぱり忘れてしまっている。だが、とりあえず風邪なら引いても治ると思い、深く考えないことにした。どうせ悩んだところで青年に着せられるサイズの服なんて持ってはいない。寒そうなら、あとで毛布も足せばいいだろう。

そして布団をかぶせようとして、今度は所々身体に血が滲んでいるのが気になった。先ほどふき取ったはずだが、まだ細かい傷から滲んだのだろう。しかしアストレイアの魔力も限界なので、この程度の傷を治すことは考えなかった。

「……しかし、あれだけ魔術を使ってもこの傷が残っているのね」

よくも即死じゃなかったものだ、と、アストレイアは思わずにはいられなかった。死んでしまっていれば、アストレイアでも蘇《よみがえ》らせることはできはしない。

だが、もし寝返りを打って擦《こす》れて出血が起これば、それも望ましくないだろう。

自分が使うことのない包帯など備えていないが、布を裂けば代用くらいはできるだろう。長さがとれる布といえば服かシーツくらいしかないが、服は裂いても使いにくそうだ。

「まぁ、シーツかな。……また買いに行かなきゃいけないけど」

『自分で裂いたくせに』というのはわかっているが、やはり面倒なものを拾ってしまったと八つ当たりもしたくなる。あまり買い物には行きたくないのに。そう思いながら、ぎゅっ、ぎゅっと、アストレイアは力を込めて青年の身体に包帯代わりの布を巻いた。それは、綺麗な仕上がりとはほど遠い出来栄えだった。

「……」

（もしかすると包帯を巻いた現状のほうが、怪我を悪化させてしまうかもしれない――）

しかしそうは思っても、アストレイアは包帯を解くことはしなかった。せっかくシーツを裂いてまで巻いたのだ。文句があるなら、目覚めて自分でとればいい。多少圧迫して寝苦しいかもしれないが、ここは宿ではないのだから快適さは求めないでほしい。

「それに怪我ができるのも、幸せなことでもあるんだからね」

生死をさまようほどの怪我は問題だが、この程度ならずるいとさえアストレイアには映ってしまう。たとえ一瞬血が流れようとも、アストレイアならばすぐに傷口は塞《ふさ》がってしまう。痛みが一瞬で終わることは羨まれるかもしれないが、それは不老不死で普通の人間ではないことを思い知らされてしまう瞬間でもある。

しかしそう考えていると穏やかな青年の寝顔が、なんだか腹立たしくなってきたので、毛布もわりと乱雑にかけておいた。

そして捨て台詞《ぜりふ》のように吐いた言葉は、馬の鳴き声にかき消され、おそらく青年の耳にも届かなかった。

青年の治療を一通り終えた後のことを、アストレイアはあまり覚えていない。

ただ、疲れが限界に達してしまったので、そのまま眠ってしまったのだろうことは目覚めてすぐに想像できた。ベッドは譲ってしまっているし、布団も毛布も青年にかけたために残っていない。

そうなれば、部屋の端で壁にもたれかかる程度のことしかできなかったのだろう。

だが、顔を上げれば一番に他人の顔が目に飛び込んできた状況にはわけがわからなくなった。

「だ、誰……!?」

そう叫んで後ずさろうとし、アストレイアは勢いよく壁に頭を打ち付けた。

頭の中で派手な音が鳴っている気がする。痛い。不老不死でも、痛いものは痛い。

響く頭の痛みを片手で押さえ『なんでこんな目に……』と思いながら、アストレイアはようやく状況を思い出した。

そうだ、目の前の青年は昨日自分が拾った青年だ。

「だ、大丈夫……？」

「え、ええ。それより、お目覚めみたいね。ゆっくり休めたかしら？」

そう思いながら改めて見た青年のコーラルの瞳は揺れており、明らかにうろたえていた。

「あ、あぁ……それで、本当に大丈夫？」

「おかまいなく」

返事をしていると、ようやくアストレイアの頭の中も鮮明になってきた。

そういえば、確か青年だけでなく馬も拾ったはずだ——そう思うと、ちょうど馬がひと鳴きした。

この馬がもう少し早く鳴いて起こしてくれていれば、もっとまともな対応ができたかもしれない。

そんなことを思いながらアストレイアは軽く咳払《せきばら》いをした。

（まあ、この人も元気そうな様子だから、とりあえずよしとするか）

昨日髪が乾いていないままだったせいだろう、綺麗に切りそろえられた金の髪には少し寝癖がついてしまっているが、新たに血が滲んだ様子はない。

多少は心配もしたが、これなら何も問題なさそうだ。

そして元気だというのならば、話は早い。

「目が覚めたなら、さっさと出ていきなさいよ。治療も終わってるから、問題ないでしょ」

「いや、その……やっぱり、きみが助けてくれたんだね？」

「そうよ。何か文句あるの？」

格好悪いところを見られていなければ、もっとスムーズに追い出せたのかもしれない。

しかし、おおよそスマートとはいえない初対面を果たしたせいで焦《あせ》りが先行してしまい、必要以上につっけんどんな態度になってしまうことをアストレイアは自覚していた。しかし、すでに告げてしまった言葉を今から回収することもできない。なるようになってしまえ、というものだ。だいたい必要最低限の買い物以外での会話自体がかなり久しく、会話を成立させる方法もアストレイアはいまいち覚えていない。

だから、仕方がない。仕方がないが、追い返せればそれでいい。

そう思いながらアストレイアは青年を睨《にら》んだ。

青年は目を瞬《またた》かせてから、ゆっくりとその表情を険しくした。

「俺は何があったか、はっきりとは覚えていないんだ。落石があって、それで馬が驚いて滑落した――その途中から、もう覚えていない。でも、あの高さから落ちて、この程度の怪我なんて――」

「……」

はっきりとした記憶がなくとも、あの高さから落ちているならこんな軽傷で済むわけがない。そんな言葉が言外に聞こえてきた。たしかに青年が不思議がるのは自然なことだ。それは、アストレイアにも理解できる。

（理解はできるんだけど――治して帰すことしか、考えてなかった）

身体と服を治していればそれで何とでもなると思っていたため、尋ねられたときのごまかし方については考えていなかった――と、今さら気付かされても間に合わないというもので。

（やらかしてしまった。普通の魔女じゃ、あんな怪我なんて治せない……！）

青年は、何か通常では考えられないことが起こったと、気付いてしまっている。

それをうまく誤魔化《ごまか》すことが、果たしてできるのだろうか？　いや、やるしかない。

「そ、その程度の怪我で済んでよかったじゃない」

不安は現実となり、若干言葉が詰まってしまった。そう思いながら、アストレイアは視線を逸らした。

「……」

「なによ。私、詳しいことは知らないわよ」

無言の相手が納得したとは思い難い。だめ押しで言葉を続けるものの、心臓は冷や汗をかき、頭では『次は何を言えばいいんだろう、どうしよう』と焦るばかりだ。

だが、下手《へた》に口を開けば墓穴を掘ることになりかねない。

早く納得して出ていって欲しい――アストレイアは青年を睨んだが、青年は話を打ちきりはしなかった。

ただし、その言葉はアストレイアの想定外の言葉だった。

「もしかして、魔女の末裔《まつえい》……だったりする？」

「え……末裔……？」

末裔もなにも、れっきとした魔女である。

「軍人以外でお目にかかるのは初めてだ。きみに、落下の衝撃を、和《やわ》らげてもらった……のかな……？」

現代では昔ほど魔術を操れる人間が存在していないのは、アストレイアも知っている。理由は知らないが、歴史を重ねるごとに魔女の力は弱まり、その数も減少しているのだ。

ただしすでに末裔扱いされるほど希少な存在という認識までは持っていなかった。いつの間にそれほど減ってしまったというのだろうか。軍人以外にいないというのであれば、きっとそれほど重宝されているからだろう。

しかしそこまで考えて、ようやくアストレイアは自分が聖女であること、ましてや不老不死であることなど、青年が想像し得ないことに気が付いた。

青年は記憶を飛ばしているし、回復魔術など今の世ではおそらく考えられない。だからこそ青年も『衝撃を和らげた』程度だと想像したのだろうが、確かにそれなら魔女なら誰でもできそうだ。

（だいたい回復魔術どうこう以前に聖女が今も生きているなんて、思われるはずがないんだから）

それに気付けば、少しは心が落ち着いた。

なんだ、焦るだけ無駄だったではないか。

「……まあ、そんなところ」

少し損をしたような気分にはなるが、何も気付かれていないのであれば、最初から問題は起きていなかったのだ。

ただ、それでもアストレイアのやるべきことには変わりがなかった。

「とにかく！　早く出ていきなさいよ！」

そう――この青年を追い出さなければいけない。

今すぐ気付かれずとも、いつ何時《なんどき》、何をきっかけに気付かれるかわからない。

森の奥に住んでいるのは、人間と関わりを極力減らすためなのだ。留まらせる気は毛頭ない。

しかし青年はなおも動かなかった。

「あ、うん……その」

「なに、まだなにかあるの？」

「この包帯は……」

「へ、下手とか言わないでよね……!?」

せっかく落ち着けたつもりだったのに、再度思いもよらない方向に話が飛んだことでアストレイアは思わず叫んだ。

わかっている。どれだけ下手だったのかは解けかけた包帯の様子を見れば充分すぎるほど理解できる。しかしそれでも一生懸命巻いたのだ。多少下手であっても助けたことには違いないのだから、見て見ぬふりをしてくれてもいいじゃないか。どうしても気にいらないのであれば無言で外してくれても構わないのに。その思いからアストレイアは顔を背《そむ》けた。

しかし、青年は遠慮なく言葉をかけた。

「慣れないことまでしてもらって、本当にありがとう」

そんな想定外の言葉にアストレイアは恐る恐る青年の方を見た。

青年は非常に穏やかな顔でアストレイアを見ていた。

思いがけない表情にアストレイアは自身の頬が熱を持つのを感じた。

「べ、別に、目の前で死なれるのいや……あ、ううん、死にそうな怪我じゃなかったけど……とにかく早く帰りなさい！」

「でも、なにもお礼も……」

「お礼をしないといけないと思うなら、さっさと出ていきなさいよ！　だいたいあなただけじゃなくて、その子だってこんな所で待たされているのもいやでしょうし」

アストレイアの声に応《こた》えるように、馬は再び部屋の隅で小さく鳴いた。しかしひと鳴きして主張すれば満足したのか、再び我関せずといった状態で大人しくくつろいでいた。それでも改めて見れば部屋の中でその存在感は異様である。

「ラズールのことも、きみが助けてくれたんだね」

「ラズールって、この子のこと？　って、そんなことはいいから、早く出発なさい」

そう言うとアストレイアは青年を押しどけて立ち上がった。

そして部屋の隅まで進むと、昨日事故現場から立ち去る前にまとめた青年の荷物を手に取り、青年に投げつける。

「貴重品だと思ったもの、一応拾ってそこに入れてあるから。大きな荷物はほとんど壊れていたわ。あんまり触ってないから、無事なものもあるかもしれないけど」

「ありがとう」

「ほら、さっさと出ていく！」

アストレイアが勢いよく扉を開くとその空気を読んだのか、ラズールがゆっくりと外に出た。

青年も立ち上がり、部屋の椅子にかかっていた自らの衣服を手に取ると素早く羽織り、荷物を抱えた。

（やっと帰ってくれる）

これでようやく非常事態が終わりを告げる、と、アストレイアは長い息をついた。

「ここを真っ直ぐ下ったら、街道に出られるわ。街道に出るまではリリムの木が並んでいるから、外れないように気を付けて。轍《わだち》はないから、迷ったらあとは知らないわよ」

「リリムの木、か」

「荷物で気になるものがあるなら、赤い花を付けている木が見えたら西に向かって。方位磁針はある？」

「それは持ってる……って、あれ？」

青年は方位磁針を探しているが、その手に持つ荷をまとめたのはアストレイアだ。そこに入っていないことは誰よりも知っている。ただ、それを完全に忘れて尋ねてしまったのだが。

仕方がない、と、アストレイアは戸棚に向かい、いくつか引きだしを開けてみる。すると、一応それらしいものを見つけることができた。いつからあるかはわからないほど古いが、指す方向を見る限り壊れているということもなさそうだ。

「ほら。返さなくていいから、持っていきなさい」

「……本当に、何から何までありがとう」

「だからそんなのはいらないって！　改めてお礼に来たりなんかしたら、追い返すからね」

青年は、少し申し訳なさそうな表情を浮かべていたが、やがて背を向けて裸馬《はだかうま》に乗り、アストレイアが言った通りリリムの木に沿って去っていった。

それをアストレイアはほっとしながら見送った。

「……人に感謝されるなんて、一体いつ以来なのかしら」

おもはゆい、とでも言うのだろうか？　このような感覚だったのだろうかと思い、けれどそのようなことは考えたくないと両頬を叩いて意識を切り替えた。

「よし、非常事態は終了！　いつもに戻るわよ」

ひさびさに長く人と話したが、再び顔を合わせることもないだろう。

それに、やはり自分が人と関わるなど、やはり碌《ろく》なことにならないと想像できる。

そしてそう思えば、昔、自分に投げかけられた言葉が頭の中に蘇った。

『あの人はおかしい、化け物なんじゃないか』

『薄気味悪い子ね、本当に聖女なの？』

かつて人々から投げられた言葉が思い出されて、アストレイアは唇を噛《か》んだ。

当初は不老不死の自覚がなくとも、苦しみがあるとはいえ、回復術を成功させることは圧倒的な魔力保有量があるため叶っていると思っていた。戦場で力を振るった聖女の奇跡だと、周囲も初めはその力を称えていた。

しかし不可能であるはずの禁術を使いこなす様《さま》や、傷を受けても瞬時に修復される様子は戦《いくさ》が終われば人々にとって脅威にしか映らなくなっていた。

そしてその頃、アストレイアもいつまでたっても姿が十八歳から成長しないことに気が付いた。

そのときは気のせいだと、たかが数年で大きな変化が起こるわけもないと思ったのだが、嫌な予感はその数年後にはほぼ確信に変わっていた。

（自分のことを聖女だなんて、一度でも言ったことはなかったのに。私だって、好きでこうなったわけじゃない）

アストレイアも自分が異質な存在であることは理解している。しかし、それでもそれを真正面から告げられて、反論ができないまま平然と過ごすことはできなかった。

やはり自分が人に関わるなど、碌なことが起こらないと決まっている。

そう思ったアストレイアは、翌日からはずっとそれまで通りの、森に引きこもる生活に戻る……

はずだった。

そう、戻るはずだった、のに。

「先日はありがとうございました」

「来るなっていったでしょ‼」

なんでやって来た、その言葉が充分に込められた叫び声が数日後の森には響いていた――。

第二話

温かなご飯と来訪者

玄関先で笑顔を浮かべる青年は、どこからどう見ても数日前にアストレイアが助けた青年に相違なかった。顔色はよく、怪我の影響がない様子は幸いだと思うのだが――

「やはり人として、礼を欠くのはどうかと思って」

悪びれもなくそう言いきった青年に、アストレイアは大きく肩を落とした。

「人の意見を尊重しようと思わなかったの？」

「それに関しては申し訳ないと思ってるよ」

「謝るなら来ないでよ」

どうして来たのだと睨むアストレイアに、青年は少し心苦しそうな様子を見せた。

「いや、むしろ本当ならもっと早くに来たかったんだ」

そうじゃない。

「……あのね、話、聞いてる？」

そう突っ込んだアストレイアに、しかし青年は一切聞く耳を持たなかった。

「でも、どうしても着任したばかりの砦《とりで》で、上官に休暇は申し出にくくて……ようやく休日をいただけたから」

「砦の上官……って、あなた軍人なの⁉」

おそらく砦というのは、ここからは一番近く、アストレイアが時々買い物にいく街とは正反対にある砦の街のことだろう。

このあたりは昔から王都と比べればド田舎といっても差し支えない地域ではあるが、一応国境沿いということもあり、少数だがそれなりの街も存在している。もっとも、今もド田舎かどうか知らないが。

しかし、そんなことよりも――

（軍人ってこんなに空気が緩《ゆる》かったっけ⁉）

平和な時代だからこそなのかもしれないが、アストレイアの記憶の中の軍人と目の前の青年の雰囲気は大きく異なっている。

そして同時に、どうしてこの青年を助けてしまったんだろう、と思ってしまった。

時間を巻き戻したとしても再び助けてしまうのは目に見えているが、よりによって軍の関係者だったとは。

（……ううん、軍だからって、私の素性なんてわかるわけもないんだけど……それでも、なんだか、ね）

少なくともできるだけ遠ざけたい相手という意味では変わらない。

せめて、この青年が話を聞いてくれる人ならば――再び目の前に現れるようなことがなければ、そんなことも思わなかったのだろうが、仮にも軍人、方位磁針があれば森の深い場所でも辿《たど》りつけるということなのだろう。親切心が仇《あだ》となったようである。

「そういえば、まだ名乗ってなかったね。俺はイオス――」

「聞いてないいんだけど‼」

言葉を中断させられた青年改めイオスは目を見開いたが、すぐに苦笑した。

「この間は傷の手当てや方位磁針をありがとう」

「だから！　お礼に来たら追い返すって、私言ったわよね？」

「で、これがお礼の品です」

やや芝居がかった様子でイオスがアストレイアに差し出した籠《かご》には、パンやチーズ、生ハムらしきものが見えていた。籠の中に敷かれている布から察しても、高級そうである。しかし、アストレイアは表情を歪《ゆが》めた。

「いらない」

生命維持に食事を必要としないアストレイアは、森に入ってから食べ物を口にしたことはない。食べられないわけではないが、食べる必要がない。だから高級そうなものだと理解したところで食欲は刺激されなかった。そんなことよりも早く帰ってほしいということだけが頭の中には思い浮かんでいた。

しかしアストレイアのその反応はイオスにとって予想の範囲内であったらしい。

彼は断られたことに大して驚くことも気を悪くすることもない様子で、次は石のようなものでできている筒を取り出した。

一体何の真似だと眉根に力を入れるアストレイアを前に、イオスは筒の蓋《ふた》を開けた。

すると辺りにふんわりと優しい匂いが漂った。

「豆のスープは、嫌いじゃないかな？」

「……」

アストレイアは否定する言葉を発することができなかった。

イオスの言う豆のスープの味は知らないが、ごくんと喉《のど》が鳴りそうになる香りが辺りに漂っている。

（って、そうじゃない、そうじゃない！　否定しなくちゃ……！）

もしも頷いて食べてしまえばイオスの長居を助長することに繋がってしまう。ここは断らなければ……！　しかしその決意とは裏腹に、唐突な音がその場を支配した。

それは、巨大な腹の虫が鳴く音だった。

そして、それはイオスからではない。

アストレイアの、腹の虫だ。

「……」

「……」

腹の虫が鳴き止んだ後は、小鳥のさえずりだけがその場を支配した。

（というか、待って！　私のお腹って、鳴るの⁉）

しばらく彫刻のように二人は固まっていたが、やがてイオスが小さく吹きだした。

「ぷっ」

「ちょっと！　何がおかしいのよ！」

いや、いっそ見事なほどだといえる音だったのはアストレイアにもわかっている。しかし、控えめではあるものの、未だに肩を揺らしているイオスを見れば、誰のせいだと叫びたくもなってしまう。

「ごめん、ごめん。ああ、でも立ったままだと食べにくいよね。だったら……そうだ、あそこに座って、なんてどうかな？」

謝りつつ、しかしどう見ても悪いとは思っていそうにないイオスは小屋の外にある石を指さした。それはアストレイアがずいぶん昔に森で見つけた座るにはちょうどいい高さの石で、天気がいい日にはそこに座ってぼんやりしていることもある。

「とりあえず、これ。どうぞ」

「……」

そして籠から取り出した長めの木製スプーンと共にアストレイアに筒を差し出したイオスは、アストレイアが反射的に受け取ってしまったあと、そのまま先に石の方へ行ってしまった。

「……」

仮に今、ここで空腹でないなどと主張したところで、一体どうすれば信じてもらえるだろうか？

いや、信じてもらえるわけがない。

（……どうせ信じてもらえないなら、もう、食べちゃってもいいかしら）

そもそも今からイオスにスープを返そうとしても、受け取ってもらえるとは思いにくい。

それに――この森ではまず嗅ぐことのない匂いは今なおアストレイアの鼻孔をくすぐっている。

（これを食べちゃえば関わりが深くなるかもしれない。でも、食べないとこの人が帰ってくれる気もしない‼）

しかしそんな風に考えを巡らせていると、再度腹の虫がアストレイアに決断を促《うなが》した。

アストレイアは仕方なしに、イオスの側《そば》にある石のほうへと向かい、腰を下ろした。イオスの側に自分から近寄るのは気が進まないが、彼が言った通り立ったまま食べるというのも品がない。だからといって家に彼を招き入れることもしたくはないとなれば、近づく以外に選択肢はないだろう。

「一応、たくさん持ってきたつもりだから、遠慮なく食べてね」

この際誰が遠慮などするものか。アストレイアは半ば自棄《やけ》になりながらスープを口に含んだ。じんわりと舌先から温もりが伝わるスープは、豆の香りが強く、それでいてまろやかな味わいになっていた。加えて薫製された小さな肉が入っているためか、香ばしさも感じられる。さらには甘めの野菜が、原形がなくなるほどとろとろに煮込まれている。

「……美味《おい》しい」

無意識のうちにそう呟《つぶや》いてしまったアストレイアは、自分の声を耳にして、あわててパンを口に放り込んだ。

なんということを言ってしまったのだ、と。

しかしその言葉はしっかりとイオスにも届いていた。

「口に合ったようなら、何よりだよ」

「……」

「スープにパンを付けても美味しいよ。ナイフもあるし、生ハムを挟んでみるっていうならパンに切り込みも入れるよ」

楽しそうに世話を焼くイオスにアストレイアは悔しさを覚えてしまうが、それでもその提案は魅力的だ。先ほどまでは興味もなかったというのに、今ではその提案を断る決断が下せない。

「……」

「うん、わかった」

無言でパンを差し出せば、イオスは当たり前のようにナイフで切りこみを入れ、アストレイアに差し出した。それに生ハムを挟んでからパンを頬張り、アストレイアは真剣に考えた。

(……この人、絶対に変人だわ)

たとえ助けられた恩があろうとも、普通なら怒って帰ってしまってても不思議でない状況だとアストレイアなら思う。しかしそれどころか楽しそうだなんて、一体何を考えているのだろうか?

しかしそのようなことをアストレイアは深く考えるつもりなどなかった。

今回は妥協したものの、礼さえ済めば今後は会うこともないはずだ。それなら、今は食事を味わうだけだ――などと思っていると、スプーンが筒の底に当たる音がした。

「ああ、もうなくなっちゃったかな。食後のデザートは用意してなかったんだけど……満足してもらえたかな？」

イオスの言葉に、気付けばパンも平らげてしまっていたことに気が付いた。食べない、要《い》らないといっていたのにこのざまだ――そう思ったアストレイアは居心地の悪さを感じずにはいられなかった。

ただ、美味しかったということは事実である。

「……ごちそうさまでした」

アストレイアの返事に、イオスは少し目を見開いてからにこりと微笑んだ。

「お粗末さまでした」

「ちょっと、どうして笑うのよ」

食後の挨拶をすることが、そんなに似合わないということなのか。確かに散々な態度をとっているので無礼な者だと思われていても仕方がないと思う部分はアストレイアにもあるのだが、笑われるのは心外だ。そんな抗議の視線を投げても、イオスにまったく動じる様子はなかった。

「だって、喜んでもらえたら嬉《うれ》しくないか？」

「……」

否定できない事柄であるが、そう思われるのは悔しかった。

「……もう、これでお礼も済んだんでしょう。早く帰りなさいよ」

それでもう来ないでよねと、アストレイアは視線でもイオスに告げた。しかしやはりイオスの気に障《さわ》った様子はなかった。

「そうだね、思ったより距離があったからけっこうな時間になってるね」

「休みに休まないで何やってるの、軍人ならしっかりしなさいよ」

「大丈夫だよ。充分楽しい休日を過ごさせてもらったから。でも、心配してくれてありがとう」

「べつに心配なんてしてないって！」

どこをどう解釈したらそうなるのかと抗議するアストレイアをよそにイオスは荷物をまとめてラズールに乗った。

「じゃあ、残念だけど」

「全然残念じゃないわよ」

一体何が残念なものか。帰ってくれるならせいせいするし、やはり二度と来ないで欲しいという思いがあるだけだ。

しかしイオスの姿が見えなくなった後でも口の中に残ったスープの味に、アストレイアは複雑な感情を抱いてしまった。こんなにスープって美味しいものだったっけ、と。

食べなくても死なない――そう思ったときから遠ざかってしまった食事というものを、少しだけ思い出してしまった気がした。

（でも、次に食事を摂ることなんて、もうないわね。この森の中じゃ、とても自分のために用意なんてできないもの）

食料を欲するなら街に頻繁に向かわなくてはならなくなる。それは姿を覚えられたくないアストレイアにとっては致命的な行動となる。だから、もう食事をすることもないだろう――そう思っていた。

しかし、更に数日後。

「……だから、何で来てるのよ」

「今日はデザートも持ってきたから」

「いや、そういう問題じゃないって」

再びイオスが姿を現し、アストレイアは頭を抱えた。


初めにアストレイアがイオスに抱いた印象は『変人』だった。そしてその評価は現在、『非常に変人』というものに格上げせざるを得なかった。それは助けた翌日から薄々感じていたことではあるが、今となってはそれ以外に考えられないというほど固定された考えになってしまっている。

既《すで》に今日で四回目の来訪となるイオスは、おそらく休みごとに自分の元を訪ねているのではないかとアストレイアはにらんでいる。

日付の間隔なんてとうに忘れてしまっているが、それでもイオスの来訪は頻繁すぎる。

そして、それが想像通りなら非常に気になることもある。

「……あなた、友達いないの？」

「なんで？」

「だって、いたら休みにこんなところまでわざわざ来ないでしょう。しかも、こんな頻繁に」

人が来ないからこそ、アストレイアはここを住処にしたのだ。いくら道を覚えたからといって簡単にやって来るような場所ではないし、そもそももてなしらしいもてなしを一切せず、名乗ることすらしていない相手のところにやって来ることは理解できない。

しかしアストレイアの言葉にイオスは少しだけ首を傾《かし》げはしたものの、いつも通りのんびりと笑った。

「自然が豊かで、いいところだよね」

「……」

確かに自然しかないところだが、それだけならもっと森の浅いところでも済む話だろう。

（やっぱり、本当に変な人）

一体どういう考えを持っているのか気になるが、イオスの笑みからは何を考えているのかよくわからなかった。

「ねえ」

「何よ」

「俺のこと、気になるの？」

「何でそうなるのよ⁉」

「うん、そう言うと思った」

慌てもせず笑われたことで、アストレイアはからかわれたのだと初めて気付いた。

「ごめんごめん、ちょっと言ってみたかっただけなんだ」

「休みにわざわざ人を尋ねてまで、からかいたいの？」

「ほら、今日はまた新しいメニューもってきたから、機嫌を直してくれないかな」

そう言いながらイオスは今日の昼食をテーブルに並べ始めた。

（ほんと、子供に言い聞かせるみたいに……‼）

もう少し言い方もないのかと思いつつ、それでもいい匂いを吸いこんでしまえば余計なことは言えなくなってしまった。

今日のメニューは二人分のとろとろに煮込んだすじ肉のスープ、それからパンにバターとジャムだ。パンもバターをたっぷりと使ったデニッシュ生地で、何もつけなくても充分美味しい。ジャムはパンに付けてもいいのだが、茶に入れても美味しい……ということで、イオスは茶の中に入れて飲んでいた。しかし、それだけはアストレイアには真似できなかった。

（イオスは軍では結構な伝統だっていってたけど……ずいぶん昔と違うのね）

軍から離れて、それだけの年月が経過しているのだと、改めてアストレイアは感じさせられてしまった。

（けれどそれはそれとして……どうして、私はいつも食べ物につられているの……！）

一度目も二度目も、そして三度目も、アストレイアは食後すぐに帰るようにイオスに伝え続けてきている。長く続くような会話らしい会話だってしていないのに、ついに前回からはイオスは自分の分の食事まで持参するようになっている。

（どうしてここまで愛想のない私のところに頻繁にやって来るのよ！）

そう、疑問よりも呆れが先に来てしまう。

しかし本当に呆れなければいけない相手はイオスよりも自分自身だということをアストレイアも理解している。どうして毎度自分はスープを手に取ってしまうのか。そこが一番の問題だ。

(でも、本当に、この匂い、美味しそうなんだもの……)

悔しいことだが、この匂いには勝てる気がしない。そしてアストレイアは食事の回数を重ねるごとに自分の嗅覚《きゅうかく》が鋭さを増しているような気がしていた。

(なんだか、どんどん流されてしまっている気がする……)

頭の片隅でそんなことを考えていると、気付けばスープが空になってしまっていた。

アストレイアはパンにジャムを塗って食べながらイオスが食べ終わるのを待った。しかし、今日は少しだけおかずの量が少なかった気がする。そうアストレイアが思っていると、不意にイオスと目が合った。

「足りない?」

「べ、別に……」

「足りないように持ってきたんだけど」

アストレイアが人をはたきたくなったのは、恐らく四百年ぶりだった。

ただの度が過ぎた変人ではなく、性格の悪い変人か! そう睨むと、イオスは笑いながらカバンから少し大きめの缶を取り出した。

「……なに、これ」

「簡易の火起こしだよ。で、これが小さいフライパン。これを温めて、ちょっとバターを落としてから卵を割る。ああ、卵を入れる前にハムも軽く焼いておこうか」

器具の説明をしながら、イオスはてきぱきと準備を進めた。

フライパンでバターを溶かしたところで、ハムをまずは軽く炒める。そしてそのまま卵を落とし、少しだけ焼いてから水を入れた。舞い上がる水蒸気を逃がさないように蓋をし、それから待機。しばらくしてから蓋を開けると、綺麗に卵が焼けていた。

「個人的な好みは半熟だけど……きみも気に入ってくれるかな?」

「……」

味はわからないが、少なくとも匂いは食欲をよりかきたてていた。

「実はまだ別のパンも持ってきてるんだ。これは、それに載せて食べると美味しいから」

そうして渡された卵が載った角切りのパンをアストレイアは受け取った。

ほかほかと上がる湯気は、スープから上がっていたものより濃い色をしている。

気付けばアストレイアは迷いなくかぶりついていた。

「ここに持ってくるには、スープくらいしか保温できないし。ここで作るって言っても、きみの家には調理設備ってないし」

「……」

「お味はどうかな? って、食べてるときに聞いたら邪魔かな」

味など、言うまでもないことだ。

「……美味しい」

完全に飲みこんでからそう言うと、イオスは満足そうに微笑んでいた。アストレイアはそれを見ないように、一気にパンと卵を食べ進めた。ただし早食いになりすぎないよう、きちんと味わうことも心掛けた。

しかしその美味しい食事を食べ進めながらも、一つだけイオスのセリフで引っ掛かった部分もある。

(調理設備がない、ね。実際その通りなんだけど)

完全にワンルームの自宅は、どう考えても普通の人間が住むには適していない。

(魔女……の、末裔だから、何とかなってる……って、思ってるのかしら)

そもそも内装以前に場所云々《うんぬん》から人の住まう場所としては適していないにも拘らず、あっさりと済ますイオスにアストレイアは少々拍子抜けしてしまっている。

イオスはアストレイアのことをあまり聞かない。数少ない質問は食べるか食べないか、美味しいか美味しくないか、その程度だ。森の中で生活する理由も、どういう生活をしているかも、そもそも名前さえも特に尋ねず、まったく探る様子をみせないのだ。

(……でも、聞かれないから、本気で追い返せないのもあるのよね)

もしも尋ねられていたら、どんなに魅惑的な料理を目の前にしても、アストレイアはイオスを追い返しているとは思う。

(いいえ、聞かれないっていっても何回も来られると困るんだけど……)

ただ、心配せずとも彼もいつかは飽きて来なくなるだろう。それに元々赴任で砦の街にやってきたようであるのだから、そのうち転属だってするはずだ。そうすればこの森に来ることも絶対になくなるだろう。

（でもそう思うと、今は放っておいてもいいのかな。別に、イオスも悪い人でもない、変な人なだけだし……って、そうじゃない‼）

何を流されそうになっているのだ、とアストレイアはハッとした。数度の食事で流されるなど、何事だ、と。

「それ、また食べたい？」

「え？　ええ……」

「よかった」

イオスの問いかけで、気付けば既に卵を食べきってしまっていたことにアストレイアは気が付いた。そして『よかった』との声が何を指しているのか考えて、自分が何と答えたのか理解した。

「違う‼　そうじゃなくて‼」

「うん、わかった。でも砦にも遊びに来てくれたら、出来たての食事をもっとごちそうできるよ？」

「結構ですっ！」

少しだけ残念だと思ったときにかけられた言葉に、アストレイアは強く叫んだ。

食事で釣られるなんて、やっぱりだめだ。

「フライパンが冷めたら早く帰ってよね！」

「じゃあ、冷めるまでの間にデザートも食べてしまおうか」

おかしそうに笑うイオスに悔しくなったので、二つあったデザートは両方とも食べてしまった。

余計に笑われたのは、言うまでもないことだった。

第三話　砦の戦い

気付けばアストレイアがイオスと出会ってから、季節が一つ変わってしまっていた。

そろそろ木の葉も色づき始めたなと思いつつ、アストレイアは最近やけに月日の流れが早くなったように感じていた。

「イオスのせいかしら」

口から零《こぼ》れたのは疑問符で終わりそうな言葉だったが、最近の変化といえばそれしかないので、他に理由は考えられない。

相変わらずの頻度で食事や菓子を持ってくるイオスは、今日もつい先ほどまでアストレイアの家にいた。そして……前は持参していた料理を、この家で作って振る舞ってくれていた。

なんと今、アストレイアの家の外には小さなかまどが建造されている。それは雨風にさらされないように雨避けも併設して、だ。もちろんアストレイアが自分で作ろうとしたわけではない。ある日いつもよりずいぶん早くやって来たイオスが、突然作り始めたのだ。何がしたいのだとアストレイアは呆れたが、その日はとても暑かったので、倒れられては困るとコップに水を注《そそ》いで差し出した。そのときにひどく驚いた顔をされたのは、今でもよく覚えている。

その驚きは何もない空間から水を作り出したことに対する驚きだったのか、それともアストレイアの親切心に驚いたのか問いただしてみたかったが、あまりにも満面の笑みで礼を告げられたので思わず顔を背けてしまい、聞くことは敵わなかった。

（なんだか、いつも負けてばかりの気分だわ）

そう思いながらも満腹のアストレイアは横にでもなろうかと思ったのだが、ふと入り口近くに見慣れないものが落ちていることに気がついた。

「……なにこれ」

自分のものではない落とし物がイオスのものであることはすぐに理解できた。強《し》いていうならラズールのものである可能性もあるが、ラズールは馬だ。結局はイオスがつけたものになるだろう。

「布に、文字の刺繍《ししゅう》……お守り、かな？」

文字だということは理解できるのだが、アストレイアが知る文字とは少し違う。知っている文字もあるし、文法もほぼ同じなのだが所々違っている。

「わかる文字だけ拾い上げたら、お守り……だとは思うんだけど。それも、戦後間もない頃に流《は》行《や》ったものよね」

文字や本体の形状から考えてもそれは間違いないだろう。誤字だと思われるものに関しては、四百年の間に何か変化が生じた可能性もあるが、当時流行ったものを摸しているのであれば、おそらく間違いだと思われる。

「……」

これはいつの時代の文字を使っているのか尋ね、誤りの訂正のために刺し直してもいいかもしれない。

しかし他人のものの刺繍を勝手に解《ほど》くのはよくないだろう。

「でも新しいのを、私が……作れる？　ううん、そもそも刺し直せないかも」

一応、服を繕《つくろ》うための糸や針は用意している。しかしアストレイアは刺繍用の糸も刺繍針も持っていないし、そもそも刺繍の経験は一切ない。そして少し考え、文字が直っていようとも下手な仕上がりになるなら間違っているほうがマシかと考えなおした。別にお守りに書かれた文字はその人がいいと思っていればそれでいいのだ。気の持ちようにつながれば、それで問題もないだろう。

（……それに勝手に解くのも気が引けるし、伝えるだけ伝えればそれでいいわよね）

それでも一瞬だけ、一生懸命イオスのために刺繍の練習をしている自分を想像しそうになったアストレイアは、すぐに自分をはり倒したくなった。何を考えているんだ、と。

「とりあえず、落とし物は預かっておきましょう。次に来たときに渡せばいいし」

しかし、それからしばらく、イオスはまったく姿を見せなくなった。

（……いつも、どのくらいの間隔で来てる人だったっけ）

アストレイアもきちんと日付を記録していたわけではないのだが、今までイオスがきていた二回分の期間ほどは間隔が開いているように感じている。

「別に、待ち遠しいとか、そんなんじゃないんだけど……」

四百年間一人でいたのだ。今さら客人が来ないからといって寂しいなんて言いたくない。

そもそもイオスが来なくなることを自分は祈っていたはずだ、と、アストレイアは心の中で呟いた。

元々飽きたら来なくなると、最初から理解していた。彼の転属さえ願っていたはずだ。

しかし、急に来なくなるとなれば、それはそれで少し恨めしくなった。来るなと思っていたときには来るのに、待っているときにはこないとはずいぶん心を乱してくれるではないか。こんなにもやもやした気持ちになるのは変人のイオスのせいだ。最初から落ちて来なければよかったのに。

「……」

だんだんイオスのことが恨めしくなってきたアストレイアは、お守りを手に取った。

「べ、別に、もう来なくてもいいんだけど……これだけは返しておかないと、いつまた勝手に来るかわからないし‼」

そうだ、これまで彼は勝手にきていたのだから、最後にこれを投げつけ、気分を晴らしてやろう。

そんなことを考えながら、アストレイアは勢いよくドアを開け放った。

その際に浮かんだ『買い物以外で人のいる場所に向かうのは何年ぶりだろうか』などという考えは、すぐに思いつかなかったことにした。そして会いに行くんじゃない、投げつけにいくんだと、そう自分に言い聞かせた。


幸い、今日はとても天気がよかった。

「ちょっと飛んでいきましょうか」

飛行魔術は少し風を操ればなんとかなるので、四百年前の魔女にとっては一般的な術だった。歩くよりは疲れるが、走るよりは疲れない、それでいてとても速い……そんな感覚の術である。しかし魔女の少ない現代では術者でも飛べる者はほとんどおらず、空を飛ぶ人間はとても目立ってしまう。だからアストレイアが飛行できる範囲も人目に付かない場所だけだ。

「とりあえず、近くまで飛んで……そこから歩くか」

そう呟いたアストレイアは目をつむって小さく唱えた。

「風の力を私にお貸しください」

その呼びかけと同時に自分が翼を持つようなイメージを頭の中で膨らませてゆく。

そして再び目を開いたと同時、アストレイアは白い雲が浮かぶ空へと飛び上がった。

アストレイアはイオスが赴任した砦の街を一度も訪ねたことはない。

けれどこうやって飛び上がれば街の場所は目視できる。

「それなりには大きいのよね」

砦というのは昔からの呼称で、今は城塞《じょうさい》都市といったほうが正解だろう。

ただし国境沿いにある砦とはいえ、地形の関係上、国外から奇襲をかけられる心配はほとんどないはずだ。

「そもそも噂から察するに、隣国には攻め込む余裕なんてこれっぽっちも残ってないみたいだけどね。かつての帝国も今やその影なし、か」

街で買い物をしていた時に耳にした噂はいずれもかつての栄華とは程遠いものばかりだ。

アストレイアはそれだけ呟くと、砦の方に向かって宙を滑り始めた。

初めて飛んだときは『まるで鳥になったみたい』と思ったし、今もその感覚に変わりはない。これればかりは魔女の特権だろう。そんなことを考えながらアストレイアは木々より少し高いところを真っ直ぐ進んだ。一応イオスとすれ違いがないように森の中にも視線を走らせてはいたが、人の気配を関知することはできなかった。どうやら、今日もこちらへは来ていないらしい。

「……」

何となく気にしてしまったことが悔しくなったアストレイアは、万が一すれ違ってしまっていてもイオスのせいだと思うことにした。

(誰もいない小屋にイオスが辿りついても、私のせいじゃないわ)

そうしているうちに森の端まで飛んだアストレイアは地上に降り、一旦街道を歩き、再び人の歩かないような場所を飛んで進んだ。これでおそらく人目につく場所はすべて避けられたはずだ。

(……けど、こんな道をイオスは来てたんだ)

『見たことある』と、『行ってみる』では大きく違うなと、改めてアストレイアは気が付いた。距離があるとは知っていたが、どれほど遠いものなのかは理解していなかった。

そして城壁が見えたところで、アストレイアは再びゆっくりと森に降りた。

そしてそこから真っ直ぐ城門まで進める街道に向かい、ふと気が付いた。

「人が、少なすぎる……?」

砦と街道の規模を考えれば、少しくらい人の行き来があってもいいはずだ。しかしアストレイアの周囲には荷馬車どころか人っ子一人見当たらない。何か起こっているのだろうか――？　そう、

アストレイアが首を傾げたとき、遠くから馬の足音が耳に近づいてきた。

思わずアストレイアが振り向くと、そこには見慣れた青鹿毛の馬、ラズールと――

「どうしてきみがここにいるんだ……!?」

「……イオス、その格好……なに？」

イオスの装いはいつだって清潔感のあるものだとは知っている。

しかし今日のイオスはいつもとは違い、まるで立派に働いている軍人であり、騎士のようだった。

「いや、イオスが軍人なのは知ってるんだけど……」

「とにかく、話はあとで。ここは危ないから、はやく城門の中へ」

「え？　危険なの？」

普通の街道のどこが危険なのか。そう首を傾げているうちに、気付けば馬上に引っ張り上げられ、そして城門を抜け、更には街を抜け、それから――

「ここ、どこ？」

「……」

ようやく落ち着いた頃には明らかに軍事施設……もとい砦の内部に入り、引っ張られるままに上等そうなソファがある部屋に通されていた。ソファは少し年季が入って若干傷んでいたが、座り心地はなかなかよかった。

「ここは一応、相談室」

「入ってよかったの？」

「一般市民の相談を聞くための部屋だから問題はないよ」

なるほど、だからソファも新調は難しいのか。予算も厳しいのかもしれないな……などと考え始めたアストレイアは、しかし途中で『今の問題はそこじゃない』と自分自身に突っ込みを入れた。

まずはイオスから尋ねられた、ここにいる理由を答えなければいけないだろう。

「イオス、お守りを忘れて帰ってたでしょ。持ってきたわよ」

「……え、まさか……これのためだけに？」

「これだけって……イオスが置いていって、取りに来ないのが悪いんでしょう？」

気が抜けるようなイオスの声に、アストレイアは眉を吊り上げた。

するとイオスは自身の額《ひたい》に手を当てて長い溜息をついた。

「いや、ありがとう。でも、よりによってこんな時期に……何もなかったから、よかったけど……」

「こんな時期って？」

「今、この近隣に十数年ぶりに大型の魔物が出ている。討伐《とうばつ》のために軍は動いているけど、城壁の外には出ないよう、市民には伝えてあるんだ。あいにく王都でも別の魔物が数体出ているらしくて、救援が期待できなくて少し時間がかかっている」

ああ、だから人がいなかったのか、と納得したが……魔物という言葉がひっかかった。

かつて魔女が普遍的な時代では魔物の存在も珍しくはなかった。しかし現代においては魔女の減少と同じくらい魔物の出現も少ないと耳にしている。

いや、だからこそ十数年ぶりと言っているのだろうが……。

「……魔物って、どんな様子なの？」

「俺自身はまだ対峙《たいじ》してないから伝聞だけど、記録にもない形状だ。獅子《しし》の頭に羊の身体、更には蛇の尾を持った炎を吐く怪物らしい。何度か追い払ってはいるが、とどめは刺せていない」

「それなら……キマイラかしら？」

魔物の特徴、それから軍が苦戦している様子から考えれば、おそらく間違いないだろう。

（しかしキマイラとは、またずいぶん厄介な魔物が出たものね）

魔女が多くいた時代でも、キマイラは手強い魔物とされていた。

しかしかつてほど魔物がいない世界で、よりによってキマイラとは――名前が特定できないほど情報がない中では、苦戦するのは無理もないことだろう。

「きみは……あの魔物を知っているのか？」

「え？　あ、ああ、うん、書物で読んだことがあるだけだけど」

そういえば自分がさも当然のようにキマイラを知っているのはおかしいことになるのだと、アストレイアは少し焦った。軍が特定できていないような魔物となれば、前回出現したのは相当昔のことになるのだから。

（……って、そうだとすればあんな山奥でどんな古書を持ってるっていうのよ、私‼）

しかし、口にしてしまったことはどうしようもなく、なるべくそれらしく聞こえるよう、アストレイアは平静を装って言葉を続けた。

「この砦には魔女はいるかしら？　書物には、魔術の援護が望ましいと書いてあったわ」

「魔術を得意とする者は一人だけいた。だが……負傷した。怪我が酷く、精神面からも戦いに戻れるかどうかは定かじゃない」

そう言ったイオスは視線を少しだけ落とした。

魔術を得意とするといっても、アストレイアたちの時代とは『得意』だと言えるレベルが異なるのだろう。

「……俺はまだ、魔物が現れた現場に居合わせていない。だから、早く見つけて倒さなければいけないと思ってる。これ以上犠牲者は増やしたくない。絶対に、増やすことはできない」

声に滲む悔しさに、アストレイアも目を伏せた。

(守りたいのね)

絵に描いたような騎士の気質だな、と、アストレイアは思った。

それは皮肉でも何でもなく、ただただ純粋な感想だ。

規範を口にすることができる人間は多いが、それを一分《いちぶ》の隙もなく本心から言えるのは、さて、どれほど存在するのだろうか？

そんなことを考えていたアストレイアの前で、イオスはゆっくりと立ち上がった。

「この辺りは今は本当に危ないから、早くきみも自宅に戻った方がいい。途中までだけど、安全だと思うところまでは送るから。もしくは、討伐が終わるまでこの街に滞在してほしい」

「……ちょっと待って、今の流れでなんでそうなるの？」

「え？」

ひどくまじめな顔をしていたイオスは、アストレイアの言葉に目を丸くした。

そしてその顔を見たアストレイアは長く盛大な溜息をついた。

「強大な魔物から皆を守りたいと思うなら、手段を選んでる場合じゃないでしょう」

「え……？」

そう思いながらアストレイアは腕を伸ばし、テーブルを挟んで立っていたイオスの胸倉《むなぐら》をつかんだ。

そして、イオスを睨み上げながら告げた。

「ねえ、忘れてない？　私も魔女よ？」

アストレイアの言葉に、イオスは目を丸くした。

アストレイアはそのままイオスに畳みかけた。

「魔術の援護、私ができないと思うのかしら？　それなら、試してみればいいじゃない。犠牲を増やしたくないのであれば、使える手段はすべて使うべきでしょう？」

アストレイアも積極的に人間の生活に関わりたいわけではない。しかし、放っておけば寝覚めの悪いことになりかねない状況を黙って見過ごすわけにもいかない。

（あれには、私の仲間も怪我を負わされたことがあるのよ）

軍がキマイラのことを把握しておらず、なおかつ魔女が不在となれば、負傷者が増えることも懸《け》念《ねん》される。

（……そうよ、イオス一人を放置できなかった私が、こんな状況を知って放置できるわけないじゃない）

この戦いに出たって、すぐに不老不死の魔女だと周囲に気付かれるわけじゃない。

倒して帰る、それだけさせてもらえれば満足だ。

「だめだ。きみは軍人じゃない」

「万が一にも砦の中にキマイラが入ってきたらどうするの。街の住民は戦う手段などもたないわ」

そうなる前にキマイラは必ず倒さねばならない魔物なのだ。

一歩も引く様子を見せないアストレイアに、イオスは少し困惑した様子だった。だからアストレイアは遠慮なく言葉を続けた。

「イオスは私にお礼でご飯を作って来てくれてたけど、もう充分お返しはもらったわ。利子分を払わせてもらってもかまわないかしら？」

しかしイオスは一瞬言葉を失ったものの、すぐにアストレイアの手をふりほどいた。

「だめだ、許可できない」

「私、あなたがあの高さから落ちても死なないようにできるくらいには、魔術を行使できるわよ？」

実際には治療を施したのだが、この言葉にはイオスも少し言葉を詰まらせた。

「だけど……」

「なに、私が根拠のない自信を持ってるって言いたいの？」

「ちがう、でも、そういうことを言う状況じゃないだろ！」

「なに、実力があるって言ってるのに、何が問題あるの？　試してみてから言ってみなさいよ！」

なにか言いたいことがあるなら言えばいい。すべて反論してみせる――そう、アストレイアが睨み続けていると、不意に後ろから大きな笑い声が届いた。

「なんだ、ずいぶん言い負かされている様子だな、イオスフォライト」

「隊長！」

イオスが驚いた声を上げ、そしてアストレイアも振り返った。

そこに立っていたのは黒髪で、よく日に焼けた肌の男だった。男は人のよい笑みをアストレイアに向けた。

「お嬢さん、初めまして。俺はスファレ。イオスフォライトの上官だ」

「……はじめまして」

たとえ上官だとしても、人の話を立ち聞きするような相手にアストレイアは挨拶《あいさつ》したくないのだが、ここは砦の内部で、部外者なのは自分の方だ。そう考えたアストレイアは、最低限の愛想さえ捨てた棒読みの返答をスファレに投げた。

（隊長さんがイオスの上官だろうと、私には関係ないもの）

しかし、それよりも一つ、気になる言葉がある。

「あなた、イオスフォライトって名前だったの」

イオスと認識していた青年の名前がイオスフォライトだったことには少し驚かされた。

しかしそんなことを口にしたアストレイアに、スファレも驚いていた。

「なんだ、お前は休みごとに通ってる女に名乗ってもいなかったのか」

「通っ……!?」

なんてことを言うのだ！　それでは大きな誤解を招く言い方ではないか！　そう思ってもあまりの衝撃で言葉を失ったアストレイアとは対照的に、イオスはひどく冷静だった。

「いえ、名乗っていないのではなく彼女が遮《さえぎ》って言い切れなかっただけです」

「……」

思い起こせば、それは否定できない事柄である……ような気はしている。しかしそれもイオスが突然やってきたのが悪いのだ。そうだ、きっとそうだ。

「ただ、俺は彼女にイオスと呼ばれるのも気に入っていますので」

「ちょっと！　勝手なこと言ってないで訂正する努力をしてよ！」

一瞬聞いただけで咽《む》せそうになるセリフを吐いたイオスをアストレイアは思いきり睨みつけた。

しかしそれにはスファレが大きく溜息を零しただけだった。

「あー……はいはい、だいたいは理解した。でも、今はそれより大事な話があるな」

……そうだ、そんなことはどうでもいいはずだ。

イオスがイオスフォライトだろうが、アストレイアの中でイオスはイオスに変わりない。

「まぁ、お嬢さん。イオスフォライトが言うことは俺にも理解できるぞ。お嬢さんは魔女でも部外者だ。ここには表に出したくない情報も多い」

「……それもそうね」

「だから」

その言葉とスファレの行動は、どちらのほうが早かっただろうか。

ほとんど予備動作なく剣が振り下ろされるのを、アストレイアは飛《と》び退《の》きながらも目視した。アストレイアがいたところからは鈍い音が響いた。

「よほどの凄腕だと思わされる人間以外は、つれていけないんだなぁ、これが」

「ずいぶん物騒な挨拶ですね」

「鞘《さや》のままだ、最悪、骨が折れるくらいだろう？」

「まるで騎士というより山賊だわ」

「はは、似たようなものだろう」

「他の騎士さんに失礼ですよ」

アストレイアはそんな軽口を叩きつつも、ここは一つ二つ反撃でもしてみせようかという考えが頭をよぎったが、それを行動に移すことはできなかった。イオスが間に割って入ったからだ。

「隊長、さすがに見過ごせませんよ」

「おお、怖い。えらくご機嫌ななめですか、イオスフォライト副隊長殿は」

「……」

副隊長殿、という言葉で、どうやら、イオスも立場のある騎士だったらしいことをアストレイアは初めて知った。しかしイオスはそれを言われたくはなかったのか、珍しく表情を歪めている。

もっとも、隠されようが明らかになろうが、副隊長だろうが一般兵士だろうがアストレイアには態度を変えるつもりなどないのだが。

「……ま、別に共闘したくないっていうなら、しなくていいわよ。私は一人でも倒すもの」

伝聞だけである以上キマイラだと言いきることはできないが、たとえ他の魔物でも今のアストレイアには一人で倒すだけの自信はある。

（本当はたぶん、この砦の人も倒せる相手なのよ。ただ、今はまだ慣れていないだけで）

しかし慣れるまでなど悠長なことは言っていられない。

（でも、私一人で挑むっていうのは、あまり褒《ほ》められたことではないわ）

今回討伐しても、再び別のキマイラが現れる可能性はゼロではない。そしてそれがもし現実になれば、被害は今回と同規模になりかねない。そのときのために、砦の騎士にキマイラへの対処の仕方をアストレイアは見せておきたかった。

（まぁ、私の参加が嫌っていうなら、今の被害を食い止めるために一人で動くけどね）

受け入れられないと言われるのなら後のことよりも、今の被害を収めるのが先決だ。

軍の方針など、知ったものか。そう思いながらアストレイアはスファレを睨んだ。

「ずいぶん強気なお嬢さんだな。まるでおとぎ話にでてくる魔女のような気の強さだ」

「お褒めに預かり光栄よ」

「その気の強さに加え、反応も悪くないとなれば……こちらから討伐の協力を願いたいのだが、お嬢さんはいかがかな？」

「……。ねえ、協力要請をするならもう少し素直に言えないの？」

ずいぶん乱暴な勧誘だとアストレイアは口をとがらせた。協力を求められたというより、喧嘩《けんか》を売られたような気分にもなってしまう。

しかしスファレはひょうひょうとした様子でまったく気にもとめていない。

「こんな美味しいタイミングで欲しい人材が現れる。これはなんかの……例えば隣国の罠だって可能性もあるだろう？　ただ、もしもお嬢さんが怪しい人なら、イオスフォライトもそんな怖い顔をしてないだろうと思ってね。すまなかったと思っているよ」

「イオスの？」

イオスの表情がどうしてここに関係するのか。

肩をすくめるスファレを訝《いぶか》しみつつ、アストレイアが振り返ると、イオスはかなり眉根を寄せていた。

「これ、俺が上官でなければ殴られてるな」

「でも、あなたが言ってるほど怖い顔はしてないように見えるわ」

「俺はお嬢さんが振り返る直前までの表情を見せてやりたかったよ。しかし実際、助力は助かる。あいにく謝礼は酒か飯くらいしか出せないがな」

多少おどけた様子のスファレからはすでに相当警戒が薄れていた。まだ探られている様子はあるが、気にするほどではないだろう。

そもそも完全に警戒を解かれてしまえば、それはそれで責任者としては心配だ……そう思いながらアストレイアは再びスファレのほうを振り返った。

「状況を教えて」

「ああ、わかった。それなら……」

「状況は俺が伝えます。隊長はご自身の仕事に戻ってください」

「わっ」

ぐっと肩を掴《つか》まれ、アストレイアは驚いた。

油断していた、というよりはイオスに驚かされるとは思っていなかったので、警戒するつもりすらなかった。

だから抗議の視線をイオスに送ったのだが、そもそもイオスはアストレイアを見ていない。スファレを完全に睨んでいた。

(さっき隊長さんが言っていたのはこの顔のこと……？　え、でもそこまで上官を睨んでいいものなの？)

自身の軍属時代と比較してしまったアストレイアは思わず頬をひきつらせたが、睨まれたスファレは全く気にしないどころか、ずいぶん面白そうにしていた。これも今と昔の違いなのか、それともスファレが変なのか、アストレイアには理解できなかった。

「へいへい、頼むぞ、副隊長殿」

「隊長！」

「まあ、冗談はここまでとして。戦闘は森の中だ。戦う場所を先に見ておくのもいいだろう。イオスフォライト、彼女を現地へ案内しつつ警邏《けいら》に当たってくれ。説明も任せるぞ」

スファレの声は先ほどまでの和やかさをいっさい消し去った、固い声だった。

アストレイアの表情もそれに従い、引き締まる。そしてスファレの、胸に手を当て腰を折る敬礼に対し、同じ動作を行った。とうに忘れている動作かと思っていたが、どうやら身体は覚えていたらしい。

「こっちに来て。ラズールで行くから」

身体を起こしたアストレイアをイオスが先導し、厩舎《きゅうしゃ》にまで移動した。

するとラズールは『遅い』というようにひと鳴きした。

「ごめん、待たせたね」

そう言いながらイオスは鼻筋を撫《な》で、それからラズールを外に出した。そしてそのままイオスは厩舎の側にある台の上に立った。ラズールもそれに近づいた。

普段のイオスは左側の鐙《あぶみ》に足をかけてラズールに乗っているが、台があればそのほうがラズールにかかる負担も減るのだろう。そう思うと、次にイオスが森に来たときのためにも台を用意しておかねば――と、アストレイアは考えて、はっと気付いた。

違う、今日は清算に来たのだ。お守りを投げつけて最後だといっていたではないか。次は、ない。ちゃんとそれは言って帰らないと、と、頭を振る。

「……どうしたの?」

「いえ、なんでもないわ」

「そう？　……ところで、きみは一人で馬には乗れる？」

「乗れないわ」

先ほども無理やり引っ張り上げられただけで、自分で乗ったとは到底いえない。軍にいたときも魔女は飛べることが前提だったので、馬に触れる機会はなかった。

「なら、失礼」

そう言うや否や、イオスは少し屈むと台の下にいたアストレイアの腰を掴んだ。

「え!?」

次の瞬間、宙に浮かぶ感覚を覚えたアストレイアは上擦《うわず》った声を上げてしまった。飛ぶときとは違う、重力が腰の二か所で支えられている浮遊感――そんなよくわからない感覚に戸惑っている間に、気付けばラズールの上に座らせられていた。

「……」

ここまでくればイオスに持ちあげられたことは理解できてしまった。

「……ねぇ、イオス。あなた、少し力がありすぎるのではないかしら」

「鍛えてるからね」

「……」

確かにそれはそうかもしれないが、そういう問題ではなかったと思う。せめて事前に一言くらいかけてくれてもいいのに……などとアストレイアが思っているうちに、イオスも馬上へ乗った。

「ラズール、二人だけど、大丈夫だよね。きみ、馬車も引けるくらい力強いし」

イオスの言葉にラズールは鳴き声一つで答えると、ゆっくりと進み始めた。

「……けっこう、揺れるのね」

「怖い？」

「それはないかな。だって、さっきここまで走ってきたじゃない」

「それもそうか」

そもそも、だいぶしっかりとイオスが支えてくれているのがわかるので、落ちるという心配はなく、むしろ恥ずかしいという気持ちのほうがよほど強い。

しかし……それでもいたたまれないほどではないのは、イオスの雰囲気がいつもと少し異なるからだろう。

「ねえ、イオス。……怒ってるの？」

言葉に違和感はないが、少し空気がぴりぴりしている。気のせいであればそれで構わないが、どうにも思い込みだとは思えなかった。そもそもアストレイアはイオスが納得したからここにいるのではなく、スファレと話がついたのでここにいるだけだ。それだってイオスの気に障ることであるかもしれない。

「……別に、きみに怒ってるわけじゃないよ。隊長にでもない」

「じゃあ、誰に怒ってるの？」

怒っていないわけではないらしい。そうアストレイアが気付くと同時に、イオスは溜息をついた。

「あえて言うなら自分に、だよ。結局きみを危ないところへ案内することになったのは、軍の責任だ。俺が見つけて、倒してれば、わざわざ危険なところに案内せずとも済んだのに」

「……見慣れない魔物を倒せないのが、たった一人の責任だとは思えないわ。気にしすぎよ」

イオスが手を抜いているわけではないことは、今までの様子からでも充分伝わっている。だいたいもしも手を抜いているならば、そんなことは言わないだろう。

「責任感は大切だけど、一生懸命やってるのでしょう？　あまり気負いすぎるのはよくないわ」

「でも、きみ……人前に出るの嫌いでしょ」

「え？」

「それなのに、わざわざここに残るって。俺がお守りを忘れたせいできみを巻きこんで、しかも危険な目に遭わせるのかと思うと、本当に、申し訳なくて。自分が腹立たしいよ」

思いもよらない言葉に、アストレイアは目を瞬かせた。

反対されていたのは、そこまで自分のことを考えてくれていたからなのか、と。

しかし、だからといってアストレイアも「やっぱり行かない！」などというわけもない。

「今回、参加を申し出たのは私よ。だけど、そんなに気にするなら、終わったら渾身《こんしん》の料理を振る舞ってよ。砦に来たら振る舞ってくれるって、前に言ってたでしょ？」

「……」

「いけないかしら？」

「いや、好きなだけ食べてもらえるよう、たっぷり用意するよ。リクエストも、全部受けるよ」

「なら、商談成立ね」

アストレイアからはイオスの顔は見えないが、先ほどまでのぴりぴりした空気はもう残ってはいなかった。

「じゃあ、今から森まで走るから落ちないでね。あと……」

舌、噛《か》まないでね。

そう聞こえたと同時、大きく鳴いたラズールは急激に速度を上げた。

しっかりと支えられているので振り落とされる心配はないが、それでも支えがなければ転げ落ちることは想像できる。ラズールの背中は自分が飛ぶときに比べて揺れるし、前方確認だってままならない。しかし自分が飛んでいるときには感じられない、大地を踏みしめる力強さが感じられた。


実際に移動に要した時間がどれほどなのかわからなかったが、アストレイアが騎乗に慣れないうちにラズールのペースはゆっくりと落とされた。

そのことに気付いたアストレイアが顔を上げれば、どうやら森の入り口まで辿りついていたらしい。

「疲れた?」

「平気よ」

「よかった」

気遣ってもらうのはありがたいが、そもそもこんなところで弱音を吐くようでは役に立てるわけもない。一応下見という名目ではあるが、遭遇すればすぐ戦闘ができるだけの心づもりはしている。

「あの魔物……キマイラがどこを住処にしているのかはわからない。森ということ以外、現れる場所に共通点はない。だから巡回して探してる。今も俺たちの軍からそれなりの人数を森に投入しているんだけど……いかんせん広すぎる。かといってこれ以上人を増やせば、街のほうが不安だし、いざ見つけて信号弾を打ちあげても援軍を送るのが難しくなる」

「そうね。イオスも巡回してて、私をみつけたの？」

「ああ。当番じゃないけど、休憩時間はできるだけ回ってる。俺のところには隊長が飼ってる鳥が知らせにくることになってるから、自由に動けるんだ。ラズールもキマイラの臭いが嫌いなのか、相当探したがってるし」

自分のことを言われたのがわかったのか、ラズールはそこで荒い鼻息を立てた。

それなりの距離を走ったとは思うのだが、ラズールにはまったく疲れた様子は見られない。

「そういえば……ラズールってスピードもあるのに、スタミナもすごいのね。私が今まで見た馬よりも大きいし」

「ラズールは王都にいるときに、ふらっと現れて……それからずっと一緒なんだ。届け出たけど、どの家も馬がいなくなったって話はなくて、それ以来俺の相棒なんだ」

「へえ。でも、ラズールは賢いから、帰る家があったら、自分で帰っていいそうよね」

「そうだね。なかなか他の人には懐かなかったんだけど、きみにはすぐに懐いてたし。助けられたの、この子もわかってるんだろうね」

イオスの言葉に、ラズールは同意するように鼻息を荒くして相槌《あいづち》を打った。やはり、この馬は完全に人の言葉を理解しているらしい。

「そうだ、一応、ここの辺りを巡回している当番がいると思うんだけど……出会ったら紹介するね」

「……紹介、ね」

自分を使えと言った以上、そういうこともあるだろうことはアストレイアも理解している。そして共闘する上で必要だということもわかっている。

しかし――いったいどうやって挨拶をすればいいのかわからなかった。

先ほどスファレとも初対面は果たしているが、スファレに関しては突然だったうえ、彼の行動も大概《たいがい》だったので気にもしなかったが……改めて自己紹介となれば考えさせられる。

「通りすがりの魔女……は、さすがにないか」

「どうかした？」

「いいえ、なんでもないわ」

なんと言えばいいのかわからないが、最低限手伝うことになった旨《むね》を伝えればいいのだろうか？　そうすればあとはイオスがなんとかその場を進めてくれることだろう――そう期待することにしながら、アストレイアは周囲を見回した。

街道から外れた森の中には道らしい道がない。アストレイアは眉根を寄せた。

「……思った以上に木々の間隔がない、戦いづらい場所ね」

キマイラが暴れれば、木々をなぎ倒すことだろう。

そんなことを思っていると、実際になぎ倒された木々や地面の一部が焼け焦げた景色がアストレイアの目に飛び込んできた。

「……あそこで以前、戦闘があったのかしら？」

「ああ。十日前、ここで一度戦いになったもののトドメはさせなかった、と、報告は受けている」

「そう」

「……ここにキマイラが出る直前、ちょうど砦の反対側にも魔物が出たんだ。俺が向かったのはそっちで……難敵ではなかったけど、出たタイミングが最悪だ。ここだけだったら、砦からでも間に合ったかもしれないのに」

悔しそうに言うイオスに対してかける言葉をアストレイアは持ちあわせていなかった。

森に強い魔物がやってきたせいで先にいた魔物が逃げ出し他所《よそ》で暴れることは、昔からままあることだ。イオスが別の場所に行っていたときも、同じような状況だったのだろう
「ちょっと歩くわ」

そう言うとアストレイアはラズールから飛び降り、焼け焦げた地面に近づいた。そしてその辺りの土に手を触れさせる。

「……やっぱり、この焦げ跡ならキマイラね。外見要素からも間違いないとは思ってたけど」

「わかるものなのか？」

「ええ。臭い魔力が残っているもの。汚い話になるけど、こういうのって動物の排泄物と似たようなものだから、特徴的でわかるのよ」

一応糞《ふん》を触ったわけではないのだが、その喩《たと》えをしてからアストレイアは「もう少し別の言い方はなかったのか」と自分で思ってしまった。自身で言ったことではあるが、その理論で言えばその汚物を素手で触っていることになる。

（でも、とても臭いのは本当だし！）

服で手を拭いてから、アストレイアは咳払いをした。

「とはいえ、さすがにこれだけじゃ、キマイラが今どこにいるのかは私にもわからない。過ごす場所も個体差がありすぎるのよ。だから、ヒントもないから、地道に探して、やっつけちゃいましょ」

「……あの、一つ聞いていい？」

「なに？」

「きみは『書物でキマイラを見た』って言ってたよね？」

「……」

声にこそ出さなかったが、思わずアストレイアは頬をひきつらせ、心の中で『しまった』と呟いた。

（完全に油断してた）

書物の知識で魔力の匂いを嗅ぎ分けられるのか？　……どう考えても、無理だ。しかも言い方が悪かった。あれは魔物を知っている人間の言葉である。

（迂闊《うかつ》すぎるでしょう、私の口……！）

ついうっかり……などと、言っている場合ではない。どう誤魔化すべきか……冷や汗を流しながらそんなことを考えていると、いつのまにやら馬から降りていたイオスがアストレイアに近づいた。そしてそのままぽんぽんと数度アストレイアの髪を撫でた。

それは安心させるような、優しいものだった。

「もしもキマイラについて他にも詳しいことを知っているなら、教えてもらえるかな？　できる限り有利に戦いたい。他の隊員には、俺から上手く話すから」

「……」

どこで知ったのか、という追撃はイオスの口からは出なかった。

事情があるのだと、伏せたがっているのだと察してくれているのだろうが、そう思うとありがたいはずなのに、一人で焦ってしまったことが悔しくもある。

「……えい」

「わっ」

突然、アストレイアは拳《こぶし》をぐっとイオスの身体に向けて突き出した。しかしイオスは驚く声を出したものの、バランスを崩すようなことは一切なかった。鍛えているのは素晴らしいが、少しくらいはよろけてくれてもいいのに。やるんじゃなかった。そう、アストレイアは思ったが、拗《す》ねるのは一旦《いったん》ここまでだ。今は、優先させるべきことがある。

今は、キマイラを倒すためにここにきているのだ。

「キマイラの炎は、ただの炎じゃないわ。毒性を帯びている……というのは知ってる？」

「ああ。負傷範囲が狭い者でも火傷《やけど》が重傷化し、高熱が続いている」

その言葉にアストレイアも頷いた。

「自力での解毒も不可能ではないけれど、薬がきかないから時間がかかる。あとは……精神を汚染する、負の感情を埋め込むこともあるわ。だから負傷者の経過観察は怠《おこた》らないこと。あとは……すでに聞いているとは思うけど、戦闘に関してはとにかく派手な攻撃で迂闊に近づけない。キマイラの身体を覆う皮膚は鋼《はがね》のように硬い。刃物もなかなか通らないわ」

「……」

「だけど、唯一……首は想像以上に柔らかいはずよ」

「首？」

聞き返したイオスに、アストレイアは頷《うなず》いた。

「キマイラも自身の毒には一応耐性があるんでしょうけど、それでも毒を吐き続ける喉を持つ以上、その影響で柔らかくなっているようね。あなたの持つ剣であれば、正面からなら心臓まで貫けると思うわ」

そう言いながらアストレイアは地面に図解を示し、イオスに伝えた。

「首を刎《は》ねることも可能だけど、少しぶよっとしているから逃げられやすい。だから危険だけど、隙をついて正面に入ることができれば勝機は充分よ。ただ、本当に危険ではあるわ」

「……炎もやっかいだけど、尾も相当に面倒だと聞いている」

「そうね。だから、おとり役を使って相手の注意を反《そ》らせるのが理想的でしょうね」

「おとり、か……」

あまり納得はしていない様子ではあるが、恐らくイオスの中でもその作戦を考えていたのだろう。

「キマイラは基本的に弱そうな、もしくは弱っている相手も狙うけど、とにかく挑発に乗りやすい。だから邪魔で鬱陶《うっとう》しいと思わせられたらターゲットは移ると思う。そしておとりを使うなら軍団で立ち向かうより、少数精鋭が理想ね。多いとターゲットが分散しちゃうから」

「精鋭、か」

「言うは易《やす》しというものでもあるから、やるしかないわね」

イオスには肩をすくめてそう言うも、アストレイアとしてはおとり役は自分が担うつもりである。

(私なら万が一、毒を受けても痛みを耐えれば済む話だし)

しかし今おとりに立候補すれば再びイオスに渋い顔をされるだろう。だからこれは……例えば実際の戦闘中にどさくさに紛《まぎ》れて伝えてもいいだろう。

(でも、これが一番負傷者をださない可能性が高い方法なのよ)

イオスはまだキマイラと対峙したことがないのだし、他の隊員もほぼ同様だろう。そうであればキマイラの攻撃パターンを覚えてもらう意味でも、おとり役はアストレイアのほうがいいはずだ。

「もう一つ、聞いていていい?」

「どうぞ?」

「キマイラは移動しつつも、この森から離れずにいる。ただ、森の中では一定の場所にいるわけじゃない。この理由、きみにはわかる?」

その問いにはアストレイアも一瞬ためらった。しかし、言わないわけにはいかなかった。

「それは、食料庫が目の前にあるって思ってるからでしょう。いえ、食料どころか、おやつの扱いかもしれないけれどね」

四百年前にはアストレイアもキマイラ討伐のために襲撃を受けている村に向かったことがある。住民はなす術《すべ》がない中で容赦《ようしゃ》なく襲われており、思い出しただけで苦しくなる。

アストレイアは必要以上の言葉を飲みこみながらイオスの表情を窺《うかが》った。

「唇、あまり強く噛むと血が出るわ」

「あ……」

「そんな顔しないで。倒せば問題ないでしょう？　あなただってそのためにずっと探しているんだから」

「……そうだね」

「声が小さい！」

そう言いながらアストレイアはイオスの背を勢いよく叩いた。今度は先ほど小突《こづ》いたときより、よほど驚くものであったらしい。イオスは目を見開いていた。

「固くなりすぎて、倒せなかったら意味がないわ。それに、早く片付けないとよその村にキマイラが向かってしまう恐れもある。気合い、入れていきましょう？」

「ああ」

よし、イオスの集中力も多分戻った――そう思ったとき、アストレイアの背に強い悪寒《おかん》が駆け上った。直後、ラズールが荒々しく鳴く。顔には冷や汗が伝う気さえした。

（近くで、なにかが、起きている）

それはアストレイアだけではなく、イオスも感じていた。

アストレイアはあたりを見回し、それからゆっくりと目を閉じた。そして自分を中心に辺りの様子を探るために、足元から気を分散させる。いわゆる、千里眼だ。

しかしそうして気配を探っていると、瞼《まぶた》の裏にひどい光景が映った。

「騎士服の二人が重症……！　キマイラから撤退中、だけどもう追いつかれる……！」

その声を聞いた途端、イオスはアストレイアをラズールに乗せた。

「方角は！」

「あっち！　このまままっすぐ！」

「いくぞっ……！」

なんということだ、早急に解決するとは決意したが、この状況はあまりに悪い。

こんな最悪の状況が訪れるなんて、と、焦らずにはいられなかった。

現場へ向かうラズールの本気の速さは、もはや馬とは思えないほどのスピードだった。

もしかしたらラズールも魔女と同じく、古代の力を受け継いでいるのかもしれないと、一瞬アストレイアは思ったが、今はそんなことを深く考える余裕はない。

なぜなら、移動中も状況が悪化していることが嫌でもアストレイアに伝わってくるからだ。

（間に合って……‼）

そのアストレイアの願いはイオスも抱いているはずだ。

「イオス、止めて！　降りる！」

「‼」

「ここでラズールは離れて！　近づきすぎて足がなくなると帰りが大変だから！」

そう言うとアストレイアはラズールから飛び降りた。

こんなことになるなら、先に少しはイオスと戦闘について打ち合わせをしておくべきだった。このままキマイラとの戦いに入ってもイオスはアストレイアの戦い方を知らないし、アストレイアもイオスの戦い方など想像できない。

だが、そんなことに構ってはいられなかった。

なぜなら、すでにキマイラは目視できる位置にまで迫ってきている。

（それに、逃げている騎士も限界まできているはず……！）

もう千里眼など使わずとも、負傷した騎士のことも目視できる。その怪我はあまりに重症だった。

しかし、それでも間に合った――そうアストレイアが思ったとき、追われていた騎士は足から崩れ落ち、キマイラが炎を放とうと大きく口を開いた。その動作の大きさから、キマイラが本気でトドメをさそうとしていることは明らかだった。

だからこそアストレイアはためらうことなく、まるで突風を想わせる勢いで加速すると騎士とキマイラの間に飛び込んだ。

そして迫り来る炎に向かいながら小声で『私に力をお貸しください』と呟いた。

直後、アストレイアが突きだした両腕から光が放たれると同時、まるでガラスが砕けるような音が響き、煙が舞った。

しかしそれはキマイラがいる方向に対してだけで、アストレイアより後ろにいる騎士たちには何の影響も与えなかった。

(間に、合った)

アストレイアの目の前には巨大な氷壁が築きあげられていた。氷壁はキマイラから放たれた炎を受け止め一部を破壊されつつも、被害を最小限にとどめていた。

「間一発、かな」

冷や汗をかきながら、アストレイアは氷壁越しにキマイラを睨みつけた。

キマイラは、アストレイアが想像していたより立派な姿で、できることなら出合いたくなかったと思わざるを得ない大物だった。氷壁によって輪郭は若干ぼやけて見えるが、それでも圧を感じてしまう。

キマイラも突然現れた氷壁を警戒したのだろう、一瞬その動きを止めた。その隙にアストレイアは注意を払いつつも後ろで倒れた騎士の様子をのぞき見、息を飲んだ。

(想像以上に、怪我がひどい)

息をしていることが、いや、この状態で逃げることができていたということが不思議だと思わざるを得ないくらい、二人はひどい怪我を負っていた。

気力だけで逃げていたのだろうか、すでに二人に意識はほとんどない様子だった。

「モルガ、エルバ‼　しっかりしろ‼」

剣を抜き、キマイラに向けているイオスがそれぞれの名前を呼ぶが、二人はわずかな反応さえも示さない。呼吸も、すでに止まりかかっている。

（でも、まだ、死んでない……！）

アストレイアは唇を噛んだ。

助ける方法は存在する。けれど、それはイオスに危険な役目を押し付けなければいけない。

提案すればイオスはそれを間違いなく引き受けるだろうが、そんなことはしたくない。

（それでも……このまま、何もできなかったって、イオスを後悔させるのはイヤだ）

とりかえしのつかないことで、後悔なんてさせたくない。

（だって、私だってそんなことが起きたら嫌だもの‼）

「……イオス、二百を数える間だけ、時間を稼いで。その代わり、私がこの二人を助けるから」

「助けるって、」

「いいから！　やる、やらない、どっち！」

イオスの、いや、世の常識ではそのようなことが不可能だということはアストレイアも理解している。ここまでの火傷をしていればキマイラの毒に侵されていなくても、砦に連れ帰ったところで危険な状況であるだろう。

（だからこそ――治癒魔術を使うしかない……‼）

本当ならアストレイアはこの術を絶対に人前で使いたくはない。

しかし今はそれを考える時間も、ましてや説明している時間などない。誤魔化す方法を考えることなど後回しにしなければ、二人の命が危ないのだ。

「わかった、二百だね。きみが治療している間に倒せるように、努めるよ」

「上等。でもそれ、イヤな前振りだからやめてよね」

息を飲みつつ答えるイオスにアストレイアは軽口を叩くと、再び右腕を前に突き出し、ぐっと握り拳を作り、それからすぐに手を開く。すると氷壁は頑丈さを増した。流れてくる攻撃を防ぐ目的もあるが、これで治癒魔術の目隠しにもできるだろう。

アストレイアは倒れた二人の騎士を自分の左右の手が届く範囲に移動させた。

(相当キマイラの毒も回ってる。火傷だけじゃなくて毒も私が引き受けなきゃ、この人たちは死ぬ)

そう判断したアストレイアは深く息を吸い込んだ。すると目が輝きを放った。

(これは、私も相当なダメージを覚悟しておかないと、か。それも二人。気絶してもおかしくないわ)

苦しみや痛みには不老不死のアストレイアでも蝕《むしば》まれる。ただし通常の人間よりも回復は相当早く、不死ゆえに命に関わるような心配事は存在しない。

(でも、イオスに危険を強いているのよ。私が弱音を吐くわけにはいかない)

ひどい怪我をしていたイオスもラズールも治療することができた。

（だから、できるはず。絶対に、死なせない、悲しませない……！）

そう強く願い、アストレイアは目を閉じて指先に神経を集中させた。そして全身の魔力が血液のように巡る気配を感じながら、鋭く息を吸い込んだ。

（……はじめる！）

そして二人に術を行使し――その直後、腹に激しい衝撃を受けたような、急激な吐き気を感じてしまった。

アストレイアは歯を食いしばった。

（このくらいなら、耐えて当然、でしょ……！）

衝撃は全身に広がり、血管が暴れ、寒気が背中を駆け上がったかと思えば、今度は沸騰するかのように熱い。それは引き受けた怪我がその場で修復されていくためなのだと、アストレイアは経験から知っていた。身体が引きちぎられるような痛みが走り、口の中には鉄の味が感じられる。

この痛みは、初めてではない。

イオスたちを治癒したときも似たような状況にはなった。しかしあのとき、彼らはキマイラの毒には犯されていなかった。その差はアストレイアの想像以上に大きかった。

しかし何よりの誤算は、イオスたちを治癒したときに使用した魔力が未だ回復しきっていなかったことだ。無理に相手と自分の状態を入れ替えるこの術は、聖女と呼ばれたアストレイアの魔力でさえ食い尽くさんとする勢いだ。禁術とされていた術だということを、改めて思い知らされる。

息は吸い込めず、身体が悲鳴を上げている。本当に二百を数える間に終わるのだろうか？

しかしその不安は、剣が弾かれる音が耳に入ったことによって吹き飛ばされた。

(二百と約束したのは、私よ。終わるんじゃない、終わらせる……！)

気弱なことを考え始めた自分を叱咤《しった》し、アストレイアは霞む視界の中、ただひたすら彼らの呼吸が戻ることを願い、術の行使を続けた。

勝手に諦めない、後悔はしない、させない——そう、強く気持ちを持った。


それから、本当に二百で終わったのかはわからない。

しかし、徐々にアストレイアの息苦しさは薄れていった。霞んでいた視界も少しずつ色を取り戻し始める。それは、治療が終局に向かっていることを示していた。

小さいが、騎士たちの呼吸も戻っている。

山は越えた。そう判断したアストレイアは術の行使をやめ、ぐらつく足を支えて立ち上がった。

そして深く深呼吸をする。

(落ち着け、落ち着け、落ち着け)

多量のキマイラの毒は不死の身体でもなかなか中和しきれない。

しかし、だからといってこれ以上回復をただ待つこともできはしない。遅刻なんて厳禁だ。

「だいじょうぶ、ね」

これ以上、イオスを一人で戦わせるわけにはいかない。

アストレイアは、そっと氷壁からイオスの様子を窺った。

そして小さく息を飲んだ。

「……ずいぶん強いのね」

それはイオスが戦う姿を初めて見た、アストレイアの素直な感想だった。騎士で副隊長の任を背負うのであればある程度強いだろうということはわかっていた。しかし、想像より遥かに強い。

圧倒的な攻撃力を持つキマイラが相手ならば、ほぼ防戦になるのは当然だ。むしろ魔術の援護を得ずに一対一でしのぎ切ることすら難しい。しかしイオスはキマイラからの攻撃を交わし、なおかつ限界を見極めた上でアストレイアが示した弱点の首を狙っている。

「……」

イオスが言っていた『倒しておけるように』というのは、決して見栄ではなかったのだと思い知った。騎士二人が瀕死《ひんし》に追い込まれた相手でも、一人で戦い続けられる。それが自らの家に料理を届けていた者と同一人物だとは、アストレイアの中ですぐに結びつかなかった。

（時間稼ぎというより、本気で狙いにいってるのね）

けれどそんなイオスを見て、少しだけ口元が緩んでしまった。

やってくれるじゃない。

しかし、この状況はアストレイアの当初の想定とは大幅に異なっている。自分がおとりになるつもりだったが、今の状況であればこのまま奇襲を仕掛けた方がいいだろう。イオスは完全にキマイラの気を引いてくれている。

（……失敗してもこっちにターゲットが切り替わるような、大がかりな魔術を使うしかないわね）

そう考えたアストレイアは足で地面に文様《もんよう》を描いた。

そして精神を集中させ、呼吸を魔力の波にあわせた。体内の残存魔力は残りわずかで、チリチリと身体のあちこちに痛みが走るが、このチャンスに二度目はない。やるしかない。

（いける）

そう思った瞬間、アストレイアは手を空に向かって掲げた。

すると次の瞬間、宙に無数の鋭い切っ先を持つ氷柱が現れ、間入れず高速でキマイラに真っ直ぐ向かった。それと同時にアストレイアは左手を素早く動かし、イオスの周囲に氷壁を立て、氷柱からガードした。

そのイオスも氷柱が現れるとほぼ同時に後ろへ飛び跳ね、キマイラの正面から離脱した。

キマイラには何本もの氷柱が突き刺さった。

しかしそれは首ではなく、首を庇った尾であった。多量の氷柱が刺さった尾は、ぼろりとその場に落下した。

致命傷にはならなかったかとアストレイアが舌打ちをすると、鼓膜を切り裂くようなキマイラの叫び声が辺り一帯に響きわたった。キマイラは身体を左右に振るい、完全に痛みに意識を奪われている様子であった。

（……倒せなかったけど、邪魔な尾はクリアね。動きは鈍くなったわ）

逆に怒りで攻撃力が増す恐れもあるが、これで攻撃しやすくなっている。最低限の合格ラインは突破だろう。そしてキマイラの標的もイオスからアストレイアに移っていた。

さあ、共闘の時間のはじまりだ。

「おまたせ、イオス。あの二人はもう大丈夫。このキマイラを倒して帰路を確保すれば、絶対に平気よ」

「本当に……？」

「私がわざわざ嘘なんてつくと思う？」

「いや、思わない、でも……ありがとう。……ただ、残念だ。きみが助けてくれている間に、倒しきっておくつもりだったんだけど」

二人の回復で懸念がなくなったのだろう、目の前には強敵がいるにも拘らず、イオスの表情からは明らかな安堵が読み取れた。

そして冗談も言えるほどなのだ、まだまだ限界ではないのだろう。

アストレイアは口角を上げた。

「美味しいところは奪わないわ。イオスに任せるから、狙ってね？」

そう告げたアストレイアはキマイラに向かって踏み込んだ。

同時にキマイラが吠えた。

先ほどとは違い大きくはない、しかし途切れない炎の弾がキマイラの口から吐きだされる。それに対してアストレイアは氷の盾《たて》を出現させ、攻撃を凌《しの》いだ。炎が当たれば砕ける使い捨ての盾だが、アストレイアも移動しているのでそれで充分だ。

そしてアストレイアも防戦だけを行うつもりはない。隙さえあれば氷で複数本の矢を精製し、キマイラの首筋を狙った。だが、それはキマイラの炎によって阻まれた。

（大きな氷柱ならあの炎も突破できそうだけど、それはもう残りの魔力じゃ作れない）

ただ、今のアストレイアの目的はトドメを刺すことではない。だから焦りは一切なかった。

一方、攻撃を当てられないキマイラは明らかに苛立ちを募らせていた。

ダメージがないとはいえ、連続した攻撃を受け続けたキマイラはついに激高《げっこう》し、再び大きく咆哮《ほうこう》しようとした。

その姿を見たアストレイアは目的は達成されたと、表情を緩めた。

それとほぼ同時にキマイラの動きが完全に止まった。

そして一瞬の間を置き、声とはいえない音があたりを切り裂いた。

キマイラとアストレイアの間にはイオスが飛び込んできており、キマイラの喉元を剣で貫いていた。

それは、まるで物語に出てくる勇者のような、挿絵《さしえ》のような、そんな光景だった。

その様子にアストレイアは思わず目を奪われてしまったために、キマイラが倒れ込む直前に瞳を光らせたことに気付くのが一瞬遅れた。

（まずい……‼）

なにが起こるか、わかったわけではない。ただ、何かが起こるのはわかった。嫌な予感が急激に頭の中に広がった瞬間、キマイラは強烈な耳鳴りのように高い、けれど実際にはそんなものとは比べものにならないほど頭に響く巨大な音を轟《とどろ》かせた。

自爆だ。そう、直感で感じた。

距離をとらなければならないと思うが、一度気を緩めてしまったせいで足が上手く動かない。いや、魔力を消耗《しょうもう》しすぎたせいで身体の自由が利かないというほうが的確だろうか。

(私は何があっても死なない、でも、イオスは――‼)

しかしそう思ったアストレイアが行動を起こす前に、自らの意志とは関係ない力によって後方へ動かされた。それが人の身体に包まれてのことだったと気付いたのは、真っ黒な視界と顔に当たる衣服の感触ゆえにだった。

一瞬、思考が停止した。

「伏せる‼」

しかしイオスの叫び声に弾かれ、アストレイアは抱え込まれたまま手をキマイラの方に向けた。キマイラの姿は見えずとも、正面から急速な温度上昇が感じられる。

(あっちが自爆なら、もう、からっぽにしても大丈夫……‼)

そう思いながら、アストレイアは巨大な氷の盾をイメージし、体内全ての魔力を両手に注ぎ込んだ。

その直後、ただならぬ轟音と地鳴り、それから断末魔が周囲を支配した。

そして一瞬遅れて氷が割れる音を聞き、皮膚から熱風が巻き起こったことを感知した。

間に合ったと気付いたのは、背中に大地の感触を感じてからだ。

(終わった……)

残り少ない魔力であったとはいえ、すべてを出しきった氷壁を破壊されるとは、やはりキマイラは恐ろしい力を持つ魔物だ……そう、アストレイアは思ったが、今度こそ気配は本当に消えている。

ようやく、安心できる。

爆風の方角が逆だったこともあってだろう、治療した騎士たちを保護するために残しておいた氷壁も割れる音はしていなかった。だから無事であるはずだ……そう安堵の溜息をつきかけたアストレイアだが、一つ忘れていたことを思い出した。

未だ視界がゼロで仰向けで寝そべっているのはどういう状況か、ということを。

「大丈夫？」

「っ……!?」

ようやく拓《ひら》けた視界いっぱいにイオスの顔を目にしたアストレイアは、心臓が飛び出るかと思ってしまうほど――それこそ、キマイラの最後の自爆よりも、驚いた。

「どこか、打ち付けてない？　いや、それよりも、怪我はない？」

アストレイアの驚きなどまるで他人事であるかのように、イオスはいつもと変わらなかった。

しかしアストレイアはイオスの問いかけに答えられなかった。

頭の中を少しずつ整理すれば、何が起こったのか、どうしてこうなっているのかはわかっている。

わかっているはずなのに、把握できていなかった。

しかし硬直もつかの間のことで、ついに状況を理解したアストレイアは大声で叫んだ。

「ぎゃあああああ……!?」

それは女性らしいとは到底いえない叫びだったが、そんなことを気にする余裕などアストレイアは持ちあわせていなかった。

とりあえず退《ど》いて！　とばかりに、両腕でイオスを押すと同時に足をばたつかせる。そしてその結果……。

「ぐっ」

「……あ、ごめん」

「い、いや。大丈夫そうで、よかった……」

ゆっくりと身体を起こしながらもわき腹を押さえているイオスを見てアストレイアは冷静になった。

そして自分で蹴飛ばしておきながら、本気で申し訳ないと思った。助けてくれた相手を蹴飛ばすなど若干《じゃっかん》引いてしまう事柄だ。

「……だ、大丈夫？」

「ああ、平気だ」

いや、絶対大丈夫じゃないだろう。

口元が若干わなわなとしているし、声だって震え、平静を装おうとして失敗している。かなり綺麗に入ってしまったのだろう。

しかしそれは指摘しなかった。指摘したところで時間を巻き戻せるわけではないし、そもそも戻ったところであの状況なら絶対同じことになるだろう。

（イオスには悪いけど、気付かなかったことにしよう）

そう思ったアストレイアは咳払いをしつつゆっくり立ち上がり……イオスの手の甲を見て目を見開いた。

「イオス、あなた、手を怪我してる」

「ああ……これはたいしたことないよ」

「そんなことは聞いてないわ。キマイラからの攻撃？　ちょっと、ほかにも怪我してるところ、あるんじゃないの⁉」

「あ、いや……」

キマイラの攻撃からの毒性は伝えていたつもりだったのに！　まさか見ていない間に、ほかにも怪我をしているのではないだろうか？　人の怪我の心配をする前に、自分の状況を心配しないでどうするの！

アストレイアはその思いから語気を強めて尋ねるも、イオスははっきりとした返事をしない。

（まさか、本当に大きな怪我を隠しているの……？　それなら、無理矢理衣服を剥《は》ぎ取ってでも確認しないと……！）

しかし、そんなアストレイアの焦る空気を感じてだろうか。

イオスは頬を引きつらせ、いつもとは異なる不器用な笑みでアストレイアを見て口を開いた。

「さっきの爆発の前、きみが頭打たないように、って思ったんだけど……ちょっと庇いそこねただけなんだ。だから、気にしないで」

「……」

「いや、でも間に合って本当によかったよ。なんか危なそうって思ったら、本当に爆発したから」

驚いたのは結構だが、これは、聞いてはいけないことだった。

間違いなく、聞いてはいけないことだった。

(庇われたのにあまりに怪我させた上に蹴りを入れて……私、一体どんな暴れん坊なのよ⁉)

これはあまりにひどい仕打ちを行っていたとアストレイアは表情を引きつらせた。加えて、気遣って言おうとしなかったイオスに詰め寄ったのも、申し訳ないとしか言いようがなかった。

アストレイアはもう一度イオスの手を見つめた。

「…………ちょっと、待ってて」

そう言うとアストレイアは自分の首元からリボンを抜き取った。そして無言で屈み込むとイオスの手をとり、ゆっくりと慎重にそれを巻きつけた。

一応、包帯のつもりだった。

「……」

だが、出来映えはひどいとしか言えないものだった。

前回もうまく巻くことができていなかったのに、その後も練習していないのだから当然といえば当然の結果でもある。

「………」

これは、解いた方がいいのだろうか? そう、アストレイアが迷っていると、イオスは小さく笑った。

「今度、巻き方教えようか？」

「……で、できるならイオスがやってくれたらいいのよ！」

アストレイアも、イオスがかける言葉に困っただろうことは予想ができる。その状況を作ったのは自分だ。しかしそれを理解してもなおいたたまれない気分になり、アストレイアはそっぽを向いた。

そうだ、できる人がやればいい。どうせ、巻き方を覚えたところで自分には不要なことなのだ。

「…………」

「あのさ」

「……何？」

「ありがとう」

不格好な包帯を直さないまま言うイオスに、アストレイアは自分が赤面しつつあることに気が付いた。

しかし、それは必死で誤魔化した。

「さ、最後の最後で道連れにしようなんて、あのキマイラ、ホント最悪だったわね！」

そう言いながらアストレイアは顔が見られないように、キマイラがいた場所までまっすぐ進んだ。

だが、その折にも足の痺れが少しずつ強くなってきている。

（……魔力切れか、それとも解毒がまだ終わっていないのか……いずれにしても、できるだけ早く

休まなければいけないわね）

しかし、それでもイオスが討伐したキマイラをこのまま放置していくわけにもいかない。

アストレイアは煤焼《すすや》けた土から、一つの灰の塊《かたまり》を摘《つま》み上げ、それを割り開いた。

灰の中からは親指の爪ほどの大きさをした、深紅の結晶が姿を現した。

「それは？」

「これはキマイラの核……いわば、心臓ね。宝石みたいでしょう？　大きな魔物じゃなければ、こんなに立派なのは見つからないでしょうけど」

そう言いながら、アストレイアは核をイオスに手渡した。

「一応魔石だから、今の世では希少な品よ」

「……どうやって使うんだ？」

「キマイラの魔石は炎の加護があるから、身に付けていれば多少の火の粉《こ》じゃ怪我しなくなるわ。あの禍々《まがまが》しいものからの戦勝品って思うと微妙かもしれないけど、持っているだけで強い力が得られる結晶よ」

「……それなら、きみが持っているべきだと思う。きみがいなければ、倒せていない。希少な品ならなおさらだ」

「それはあなたにも言えることでしょう。それに、私は持っているから」

素直に受け取らないイオスに苦笑しながら、アストレイアは衣服の中からペンダントを取り出してイオスに見せた。

それはキマイラの赤いものとは違い、蒼い色をしたものだった。

「これは魔物からのものじゃないけどね。かつて私の友人だった魔女が遺したものよ」

「……魔女も、魔石を遺すのか?」

「ええ。これが、私たちの力の源《みなもと》なのよ。もちろん絶対に使えとは言わないし、捨てたいなら数日間水に入れておくといいわ。すぐに消えはしないけど、火の加護は水に弱い。そのうちなくなるわ」

「なくす意味は、あるのか?」

「ええ。魔石を悪用すればキマイラの性質を持った合成獣を生みだせる……という、可能性もあるわ。もっとも現代の技術では難しいとは思うけど、可能性は排除できないわ」

「……」

「でも、あなたなら平気でしょう?」

イオスは小さく息を飲んだ。それと対照的に、アストレイアはなんの不安も感じなかった。

イオスなら託しても問題はない、そう思ったからこそ手渡したのだ。どのような危険を含んだものであるかを伝えたところで、心配などしていない。

「それに……あなたがいらないと言ったところで、私がその魔石を持つのは難しいかもしれないし」

「何か問題があるのか?」

「ええ。その魔石、どうも私のことが苦手みたい。逃げるみたいに震えてたから、一緒に持っていても魔石が本来の力を出せないような気がするの」

手の中に収めていたとき、赤い魔石は怯《おび》えるような小さな波動を発生させていた。だから、仮にアストレイアが持っていてもたいした効果は期待できそうにないのだ。

トドメを刺したのはイオスだが、魔石はアストレイアの魔力の波動を強く覚えているのかもしれない。

「わかった」

「じゃあ、それはイオスのものね。それより、あの二人の騎士だけど、まだ眠っているみたいだけ……あ、あれ？」

景色がぐるりと動いたことを感じたアストレイアは、そのまま地面に膝をついた。

気持ちが悪い。足が揺れる。まずい、完全なオーバーワークだ。空っぽのはずの胃から何かがせりあがってくる感覚に思わず手で口を覆うも、嘔吐感《おうとかん》は止まらない。

苦しい、苦しい、苦しい。

荒い息で、しかしなんとか落ち着こうと必死に呼吸を繰り返すが、肺に空気が入ってこない。

イオスの声がどんどん遠くなるのを感じながら、アストレイアの視界は徐々に黒く塗りつぶされた。

第四話　暖かな光が集まる場所

ピヨピヨと、小鳥が平和なさえずりを奏でている。

ふわりと優しい風に頬を撫でられ、太陽の香りがする布団に包まれている。

そんな、いつまでも眠っていたい感覚を――

（感じるわけが、ないのに‼）

アストレイアはあり得ない感触に驚き、目を見開き、そして絶句した。

キマイラ退治で森にいたはずなのに、まず目に入ったのは見覚えのない白い天井だった。

あまりの驚きに飛び起きようとしたが、身体のあちこちが痛み、それは敵わなかった。飛び起きるどころか、起き上がるのも難儀しそうだ。

（我慢できないほどじゃないけど、安静にしていないと、歩けるようになるまで時間がかかるわ）

日常的な魔術を使えるようになるまでは、十日ほどだろうか。

そんなことを考えながら長い息をつけば、大体のことは思い出せた。

キマイラを倒した後、自分は倒れたのだ、と。

（……ここは、どこなのかしら。砦の街だとは思うけど）

たとえここが砦以外の場所であっても、おそらくイオスが運び込んでくれたことは間違いない。

しかし、それならばイオスはどこにいるのだろうか？　寝顔は見られたくないのでこの場にいないことは助かるのだが、彼以外に現状が尋ねられる相手がいない。ちょっと、この状況は一体どういうことなのですか。

（一応ドアの向こう側に人がいる気配もするけど……大きな声を出すのも億劫《おっくう》だわ）

より正確に言えば、声を出すのも億劫な状態だ。そもそもその相手の気配もイオスではなさそうなので、わざわざ気を遣うような見知らぬ相手を自分から呼びたくはなかった。

どうせそのうち誰かが入ってくるだろうし、誰も来ないまま回復すれば自分で歩き回ればいい。

そう結論づけたアストレイアは再び目を閉じて眠ろうとした。どのくらいの間寝ていたのかわからないが、今まで呑気に寝られたのだ。知らない場所だとはいえ、今さら害される心配もないだろう。

しかしゆっくりしようと決めたアストレイアを邪魔するかのように、ドアの向こう側では他にも人がやってきたらしく、何やら話をはじめてしまった。

（……寝れない）

人の話し声がするところで眠ることにアストレイアは慣れていない。どうしたものか、と、アストレイアが思っていると更にもう一人の声が加わった。

そしてそれは、イオスの声に間違いなかった。

イオスが入ってくるのならば起き上がろうと、アストレイアは身体の痛みを堪《こら》えて、ゆっくりと左に向きを変えた。そしてより腕に力がいれられる体勢をとろうとしたのだが、それでも少しふらついて手が滑った。その結果、ノック音ののち、イオスによってドアが開かれたときには若干ベッドから落ちそうな体勢になってしまっていた。

「大丈夫⁉」

「だ、大丈夫よ、少し床が気になっただけだから」

ずいぶん酷い言い訳だとはアストレイア自身も思った。床が気になるなんて、一体どんな趣味をしているのだろうか。

しかし、更に重ねられる言い訳など思いつかない。これ以上余計なことは言わないほうが賢明だ。そう判断したアストレイアは見栄と根性でゆっくりと起き上がり、ヘッドボードにもたれかかった。

「おはよう、イオス。私、寝てたみたいね」

「思ったより元気そうで安心したよ。きみ、丸二日寝てたから」

「……二日？」

せいぜい半日程度だろうと思っていたアストレイアは少し驚いた。

「そうだ、お昼は食べれそう？　ミルクスープくらいなら飲めるかな？」

「そうね、胃の調子はよさそうだから、たぶん何でも食べれるわ」

「そう、よかった。でも、なんでもってことは……もしかして、肉や魚のほうがいい？」

普通、倒れた後の最初の食事で肉を要求することはないだろう。しかし、先ほど胃が元気そうだと言ったのは本当だ。ミルクスープも魅力的だが、それに加えて主菜があればなお嬉しい。

しかし、イオスだって冗談めかして言っただけなのかもしれない。それならやはり大人しくいらないというべきなのだろうが——

「……なんでも」

やはり、ミルクスープだけでいいと言うことはできなかった。

「じゃあ、後で何かよさそうなものを頼んでくるよ」

アストレイアの答えにイオスは小さく笑うと、ベッド脇の木製のスツールに腰掛けた。

「……あの人たち、元気になった？」

「モルガとエルバだね。一部記憶が曖昧で療養してたけど、明後日《あさって》からは実務にも復帰できそうだ」

「そう。よかったわ」

二人の騎士については大丈夫だとは信じていたが、改めて状況を聞くと助けることができたのだと安堵できる。

「もう少しきみの体調がよくなったら、二人にも礼を言わせてやってもらえないかな」

「……そんな仰々《ぎょうぎょう》しいのはやめてほしいわ」

礼を言いたいという気持ちはわからないでもないが、その方法を詮索《せんさく》されては困るので、できれば関わりはもちたくない。

（……でも、二人はまだいいわ。記憶が混同してるなら、いくらでも誤魔化せる。それより、問題はイオスよ、ね）

アストレイアが一般的な治療を施したわけではないことを、彼は確実に気付いている。

あのときはそれどころではなかったが、今ならイオスには時間がある。そしてアストレイアには逃げる方法がない。

彼は、果たしてうまく誤魔化されてくれるだろうか――？

「安心して。聞かないし、言わない。きみが言いたくないことは」

「……」

ちょうど抱いていた不安を掬《すく》いあげたその言葉に、アストレイアは動きを止めた。

「ただ、聞かないけど――本当に感謝しているのは、知っていて欲しいな。ありがとう」

「ちょっと……、やめてよ」

座ったままではあるが、深々と頭を下げるイオスをアストレイアは慌てて止めた。ひどく恥ずかしい。

顔を上げたイオスは柔らかく微笑んでおり、アストレイアは視線を彷徨《さまよ》わせた。

こういうときは何を言えばいいのだろう、答えはどこにあるのだろう？　だが、そうしているうちに小さく笑う声が聞こえてくる。

アストレイアは反射的にイオスを睨んだ。

「ごめん、ごめん。本当に大丈夫そうだから、安心したんだ」

「……。本当に、なにも聞かないのね」

「聞いても構わないの？」

「答えないけど」

「答えないだけならいいけど、聞いたらどこか行っちゃいそうだから」

「……」

否定は、できない。

しかし、大きな問題じゃないだろ？」

「それに、大きな問題じゃないだろ？」

しかし、大きな問題でないとはいえない。

何百年も生きた魔女であること——それが、些細な問題であるはずがない。

軽く流してその場に合わすこともできず答えに窮《きゅう》していると、イオスはゆったりと続けた。

「誰にだって言いたくないことの一つや二つある。俺も言いたくないことってあるし」

「イオスにも？」

意外だ、とばかりに目を見開いたアストレイアにイオスは苦笑していた。

イオスも人間であるのだから、いいたくないことの一つや二つあってもおかしくないとは思う。

むしろないほうがおかしい。ただ、改めて言われると不思議な感じがした。

「他の人からすれば大したことないことかもしれないけど、俺にとっては重要なことがあるよ」

「そう……よね……」

触れてほしくない部分は誰にでもある。

わかっているはずなのに、他の人との流れを共有できないことは、どう口にしたら良いかわからなかった。それは、他人の思いの大小を判断することはできないが、それでも、自分と同じくらい悩むことなのだろうか、と、どうしても考えてしまうからだ。

「……ねえ、イオス。甘いものが食べたい」

「いいよ、ケーキでも買ってくるよ」

「……あ、お金」

一応、四百年前の報酬としてアストレイアは金銀財宝をそれなりに所持している。

生活費が不要だったのでほとんど必要になったことはないが、換金さえすれば今でも金銭に困ることはない。

しかし家を出たときはすぐに帰るつもりだったので、それらはすべて自宅に置きっぱなしで手持ちはない。

借りられるものだろうかと悩むアストレイアに、イオスは軽く首を振った。

「心配しなくても大丈夫。たくさん経費があまってるから」

「経費？」

「キマイラ討伐に向けた軍事費の予算、組まれたばっかりだったんだ。でも、今は療養費に転用されてるよ」

「……」

それは、何よりです。

しかし税金なのだからあまり勝手な要求はできないとアストレイアは思った。そしてケーキというものは勝手な要求に当てはまらないだろうか？

「療養費にはもちろんきみの分も含まれているから、心配しないで」

「……それは、お手間をおかけするわね」

「最大の功労者なんだから、そんなこと言わないで」

「……でも、見ていた感じ、私がいなくてもイオス一人でも倒せたかもしれないわ」

戦闘中にかすり傷一つ負っていなかった様子を思い出せば、お世辞《せじ》抜きで可能だったのではないかとアストレイアは思う。負傷者が出た戦闘でも彼がいれば戦況は変わっていたことだろう。

しかしイオスは首を振った。

「それは無理かな。モルガとエルバだって負傷していたし、戦い方も聞いてなければわからなかった。何せ、キマイラの心臓のありかも想定できないから」

「……」

でも、それだって……と言おうとして、アストレイアは言葉を飲みこんだ。

すでに結果がでていることに対して『もしも』という仮定の言葉をだしても意味がない。それはアストレイアが一番よく理解しているし、そもそも今回に関してはどちらにしても後悔する結果ではないのだ。

「それから」

「?」

「カッコいいところ見せないとって思うと、奮闘できるからね」

「……」

真面目に言ってたつもりなのに、冗談で流されたとアストレイアには溜息をつくことしかできなかった。どうやらいろいろな意味で、仮定の話は不要らしい。

「だから、ありがとう」

「……どういたしまして」

納得はできずとも言い勝てる気もしなかったのでアストレイアは渋々そう答えたのだが、それを聞いたイオスは満足そうに立ち上がった。

「さて、俺は今からケーキを買いに行ってくるよ。そうすれば昼食後には間に合うだろうし。でも、その前に……きみ、一回お風呂に入りたいよね？」

「は？」

風呂？　なぜそんな話が出るのだとアストレイアは首を傾げた。

「別にそんなこと思っていないわ」

「本当に？　寝汗、かいてるだろ？　今なら一番風呂が沸いてるし、誰も邪魔しないし。着替える前に入っておいた方がいいと思うけど」

「いや、別に……」

確かに多少髪がごわついている気もしなくはない。そして今の体調で浄化魔術は使えないので、それを解消するためには入浴する必要があることもわかる。そもそもイオスは浄化魔術など知らないのだろうが……なんにせよ、アストレイアとしては入浴という行為を非常に面倒に感じている。そう思っているからこそ今まで浄化魔術で済ませていたということもあるし、なにより我慢できないほど不快であるわけではない。

「お風呂に入らなくても死なないわ」

「もしかして、歩けない？　さっきよろけてたし」

「……そんなことはないわ」

やはり、ベッドから転がり落ちそうだったことは誤魔化しきれていなかったらしい。

「じゃあ、まったく歩けないわけじゃないんだね？」

「歩けるわ」

「そっか。じゃあ、俺が浴場までは運ぶよ」

「え？」

運ぶって、何。

そうアストレイアが問い返す前にイオスがとても近くにいることに気が付いた。

思わず後ずさりそうになるも、アストレイアの反応よりもイオスの行動の方が早かった。

「ちょ、」

「大丈夫、落とさないから」

「ぜんぜん大丈夫じゃない‼」

「きみが風呂に入ってる間に、車椅子を用意しておくから」

「いやいやいや……そんな問題じゃないって‼」

しかしアストレイアの抗議など、イオスにとってはどこ吹く風だ。

（一体なにやってんのよ、この人！　だいたい横抱きって何なの、どこの世界のお姫様よ‼）

そんなことされるのは自分のキャラじゃないとばかりに反抗を試みる。しかし暴れるアストレイアを押さえるためにか、イオスの力は強くなるばかりでバタつくことも難しくなる。

（も、もう、お風呂場でもどこでもいいから早く降ろして……‼）

心臓が痛いほどに脈打つのを感じながら、アストレイアは心の底から強く願った。


風呂というものは、四百年の間に随分進化していたらしい。

別の場所で沸かせた湯を保温し、それを利用することで、常にコックを開けばお湯が出てくるという仕組みが今の主流であるようだ。

もちろん先に沸かす必要があるので無限に湯が出るわけではなく、温水器が空になるまではあるのだが……。

（灯《あか》りを点ける方法も、食べ物の調理方法も、本当に……色々変わったのね）

たまに街に出ても、生活に触れたわけではないので、魔術も使っていないのにと、アストレイアは驚かされるばかりであった。

想像していたより快適だった風呂から上がり、適当にタオルで髪とほかほかになった身体をふきとった。それから風呂に入る前に押し付けられた服に着替えると、随分さっぱりとしたような気がした。結果は同じはずなのだが、浄化魔術より身体がほぐれた気もする。風呂というのも案外悪くないもの……なのかもしれない。

一通りの身なりを整え脱衣所から出ると、そこには約束通り車椅子を用意したイオスがいた。アストレイアも歩けないことはないのだが、やはり足元がぐらつくので、それには甘えることにした。

……もっとも、断ればまた抱えあげられる恐れがあると思えば、断るという選択肢は考えられなかったこともあるのだが。

木の車輪がガタガタいうそれで部屋まで戻ると、すでに食事も用意されていた。

「とりあえず、ミルクスープ以外にも用意してもらったよ。ミートパイは焼き立てで、こっちは揚げたての魚が入ったフィッシュサンド。あとはこれがフルーツのデニッシュね。もちろん、無理に全部食べなくてもいいから、欲しいのだけ食べてね」

ミートパイというものをアストレイアが見るのははじめてだった。半分が紙袋に包まれていることから、フォークやナイフを使わず手でつかんで食べるものであるらしい。食べやすい物でよかったと思うのだが……どうも、イオスの視線が気になる。人に見られながら食べるのは、食べにくい。

そう思っていると、イオスもどこから取りだしたのか、パンを手に取っていた。それから出窓に腰かけ、アストレイアのものとは違うシンプルなロールパンを頬張った。

「……行儀、悪いんじゃない？」

「きみはそういうのを気にする方だっけ？」

「しないけど、珍しいと思ったのよ」

「ここ、案外風が気持ちいいなって思って」

そう言いながら、イオスは外を眺めていた。

ずいぶん綺麗な横顔をしているな、などと一瞬思ったアストレイアは、何を考えているのだと自分の頬を軽く叩いた。そしてそれすら忘れようと、急いで目の前のミートパイを手に取ってかぶりつき――初めて味わうその風味に魅了され、そのまま口を離すことなく一気に食べてしまった。そしてなくなったことに気付いてから、いつの間にか再びイオスが自分の方を向いていたことに気が付いた。

「おかわり、先に頼んでこようか？」

「け、けっこうです！」

あまりに品がなかったかと反省したアストレイアは、次に手に取ったフィッシュサンドは意識的にゆっくりと食べた。こちらも、とても美味しい一品だった。

しかし、それを食べ終えると、デニッシュを手に取る前に、少しの違和感が生まれた。

「おなか、いっぱいになった？」

「……そうかも、しれないわ」

空腹を訴えていたはずの腹は完全に満たされており、むしろこれ以上食べれば気持ちが悪くなるのではないかと思わされるほどだった。こんなことは、今までになかった。

「まだ、あんまり体調よくないよね」

「……いいとは、言えないわね」

それは食事云々関係なく言えることだ。風呂ですっきりしたとはいえ、全体的に身体は重いし時折痺れも生じている。

「じゃあ、下げようか」

「でも、せっかく作ってもらったんだし……」

「じゃあ、このまま置いておくね。今食べなくても、食べれそうなときに食べればいいよ。でもスープは冷めるから、一旦下げて、夕食時に温め直して持ってくるよ」

「それなら……お願いしようかな」

しかし食事の問題はそれで一旦解決するにしても、それより深刻な問題がアストレイアの中には一つ生じている。

それは、どうやって森に帰るかということだ。

この街までは飛んで来たので早く着いたが、普通に歩けばかなりの時間を要するだろう。しかも、今は普通に歩けないので余計に大変だ。馬に乗ることはできないし、仮に乗れたとしても今度は返しに来る必要ができてしまう。それは却下《きゃっか》だ。

しかし、そう考えてふと思いついた。

(送ってもらえるようにお願いしちゃ、ダメかな……?)

療養費が出るというのなら、旅費代わりに送りこみを頼むこともできないだろうか?

戻りさえすれば、あとは寝転んでいればそのうち回復もするだろう。

そう思いついたアストレイアは、イオスに提案しようとし――いつの間にか立ち上がって近くにきていたイオスを見上げる形となった。そしてイオスはアストレイアより先に提案した。

「きみ、しばらくここで療養するといいよ。心配しなくても、衣食住は完璧に用意できるから」

「え……？」

「あ、ごめん。そろそろ会議始まる時間だから、またあとで来るよ。一応ドアの向こうに衛兵がいるから、用事があればそこにあるベルを鳴らして呼んでやって」

「え、ちょっと！」

しかしアストレイアの呼びかけに足を止めることなくイオスは部屋を出た。ドアは閉まり、足音は遠ざかってしまった。

しばらくアストレイアは呆然としていたが、やがてはっとして声を上げた。

「……って、終わったら帰るって、私が決めたのに……！」

そもそもイオスにお守りを返したら帰るつもりだったのだ。イレギュラーなことがあったとはいえ、たとえ養生期間のみであっても、このまま人と関わることが増えるだろう場所で生活するつもりはない。

アストレイアはそう思いながら、多少ふらつきつつも窓の方へとゆっくり向かった。しかし、そこではじめて気がついた。

（ここ、二階だったのね……!!）

しっかりと外を見ていればわかっただろうことを、今の今まで気付かなかったことにアストレイアは脱力した。残念ながら飛び降りるほどの魔力も体力も残っておらず、窓から降りるのは不可能だ。イオスは風が気持ちいいといっていたが、もしかすると景色もいいと思っていたのかもしれない——などとは思うが、それで納得できるわけではない。

「だいたい提案ならまだしも、一方的に滞在を決めるなんて監禁まがいだとしか……」

しかし、そこでアストレイアはイオスとの会話をふと思い出した。

『夕食時に温め直して持ってくるよ』

『それなら……お願いしようかな』

そう、おそらくイオスはこの時点でアストレイアはしばらく……すくなくとも、軽快するまでは滞在すると思っていたのだろう。アストレイアも、それを極々《ごくごく》自然に受け入れた。

「……」

よくよく考えれば、あの森に帰ったところで普通ならこんな状態の人間が生活できるわけがない。イオスの提案も、どちらかといえばアストレイアに気を遣わせないために言っただけだろう。

（……よく考えたら、私が帰ったところで、イオスは絶対に面倒を見に来るわ。下手をしたら、毎日来るか、泊まりそう）

そのようなことで皆で行うべき業務を妨害することはアストレイアの望むことではない。

どうしたものだろうかと悩みながらアストレイアは振り返り……思いがけず、フルーツデニッシュが目に入った。

「…………」

テーブルに戻って車椅子に再度腰掛け、正面からフルーツデニッシュをアストレイアは眺めた。

（ま、まぁ、怪我が治るまで、なら…………いいよね？）

その言葉は自分に向かって言ったのか、フルーツデニッシュに向かって告げたのかはわからなかった。

しかし、そんな思いはたった四日後には反転した。

「……暇だわ」

森でも毎日何かをしていたということはない。しかし、狭い部屋の中に閉じこもるのはアストレイアの性分にはまったく合わなかった。まず、狭くて天井が低いのだ。いや、部屋自体は自宅より広いし天井も高いのだが、ごろんと森で空を見ながら寝転がるよりよほど狭いし低い。食事は美味しいし、風呂も悪くないのだが、慣れない圧迫感が耐えがたい。そして、人の声も気になった。森であればいつまで昼寝していても特に何を思うこともなかったが、時折人の声が聞こえるこの場所では深く眠ることが存外難しい。

気を遣われてのことだろう、娯楽として何冊かの本は差し入れられているのだが、残念ながらそれはアストレイアの知る文字ではないので読むことは敵わない。

(……でも、本当は……そんなことじゃ、ないのよね)

まだ数日だというのに、そう思わなければ帰れなくなると、アストレイアは感じ始めていた。

このままここに根付いてしまい、森に帰ることを先延ばしにし続け、その間に不老不死の魔女であると気付かれることが怖いのだ。

ならば、どうするか。

「今から逃走しよう」

身体の調子は思っていたよりもだいぶよくなっている。

完全回復にはまだまだ時間を要するだろうが、日常生活程度であれば問題ないほどには魔力も回復してきている。少なくとも窓から飛び降りた際に、風をコントロールして着地するくらいはできるはずだ。

（でも、十日はかかると思っていたのに……もしかして、ご飯のおかげ？）

試しに右手首をくるりと回して小さな風を起こしたが、もう手が痺れることもない。これならやはり問題はなさそうだ。長時間飛ぶのはまだ辛いかもしれないが、脱出さえすれば、あとは歩いて帰ればいい。

そう思ったアストレイアは朝食を食べてしばらくたった頃、一人きりだった部屋で勢いよく窓枠に足をかけた。

一応書き置き程度はしておこうかと思ったが、自分の書ける文字が古すぎるので諦めた。

（それに、あんまり丁寧にするとまたイオスも来ちゃうかもしれないし。礼を告げない、失礼なくらいのほうが、さよならには合うことよね）

それでも一度はくるかもしれないが、もう用事はないと追い返せばいい。

そう自分に言い聞かせたアストレイアは窓から飛び降りた。

――だが、まさか着地予定の場所にイオスがいるなど、まったく想像などしていなかった。

「ちょっ‼」

「わっ、」

　ぶつかる‼

　そう思ったアストレイアは全力でイオスを避けようと、落ちながらも飛ぶことを試みた。しかし、それにはあまりに時間が足りなかった。

　アストレイアは目を瞑《つぶ》ったまま衝撃を受けた。

　ところが、それは予想よりはるかに小さい衝撃だった。

　不思議に思いながら恐る恐る目を開くと、そこには自分がぶつかったイオスの服が見える。だが、予想外だったことは自分の足が浮いていたことだ。

　どういうことなのだろう、そう思ったのは一瞬で、顔を上げた瞬間にはイオスの顔が目の前にあった。

　それを目にした瞬間、アストレイアは正面から抱きあげられていることに気が付いた。

「もう、随分元気になったんだね。さすがに空から降ってくるとは思わなかった」

「い、イオスがいなければ、うまく着地していたわよ……っていうか、下ろして‼」

　落ちてきた人間を抱きとめるなんてどれだけ筋力があるというのだと、アストレイアは焦りながらイオスに抗議した。横抱きのときよりも近い位置にあるイオスの顔を見るだけでアストレイアの顔からは火が吹き出しそうだった。色々言いたいことはあるが、まずは、離れて落ち着きたい。

　しかし、イオスはアストレイアとは違い、とても落ち着いていた。

「下ろす代わりに、一つ聞いていい？」

「なに」

「元気なんだね？」

まるで心配性な保護者のような問いかけに、アストレイアは少し居心地が悪くなって目を反らした。本当に、心配されていたのが伝わってくる。――だからこそ、森に早く帰りたかったのだけれども。

「元気も元気。もう森に戻っても全然平気だから、ここで療養する理由がないのよ」

「そっか。じゃあ、今からデートをしよう」

「だから帰る――って、はい？」

相当ひどい聞き間違いをしたのだろうか？　やはりとっていた休息が長すぎたのだろうか――そう、アストレイアが引きつった表情を浮かべると、イオスはアストレイアを下ろし、そしてそのまま騎士が忠誠を誓うように、その手をとってもう一度繰り返した。

「私と、デートをしていただけませんか？」

「……は？」

アストレイアもデートという単語を知らないわけではない。

四百年前は逢い引きや逢瀬《おうせ》という言葉で彩《いろど》られていた行為を指すのだろう。

しかし、だ。

「え、それって……、……なに？」

それが自分への誘いになると、うまく変換処理ができなかった。

デート。デート。デート。

何度も頭の中で反芻《はんすう》させ、ようやくアストレイアは合点《がてん》がいった。

「ひょっとして、イオス……今、頭を強く打ったの？」

それしか理由はないだろう。

(私がぶつかった拍子に、おかしくなってしまったのかもしれない)

それなら安静にしてなければならないと焦ったが、イオスは軽く首を振った。

「全然」

「じゃあ…………なに？　え？」

「いや、そろそろ暇してるかなって思って。今朝《けさ》の様子だと元気そうなら出かけられるんじゃないかと思って来たんだけど……驚かされたからお返し、かな？」

青年男性が首を傾げても可愛らしくはない——と言いたかったが、それは言えなかった。

憎らしいことだが、イオスのそれはひどく似合っていた。おそらく自分がやるより似合っているだろうなとアストレイアには想像できる。

しかし、それはそれで面白くない。もちろんその表情に対してもそうだが、何より焦《じ》らせられたことが一番悔しい。

そしていずれにしても今回の逃走が失敗ということは確定だ。今の体力でイオスを振り切れるとは思えない。

「…………出かけるって、どこに？」

「もちろん街だよ。美味しい食事を出してくれる店があるんだよ」

「あのね、私が毎回ご飯ばっかりにつられると思わないでくれる？」

確かに何度も食欲に負けてはきたが、この悔しさの中でその誘いには絶対乗らない。そう思うアストレイアに、イオスは小さく悩むように唸《うな》った。

「昨日きみが美味しそうに食べてたクッキーが売ってる店も近くにあるんだけど」

「………………」

負けない。

これは今まで負けてきたパターンだが、まだ耐えられる。喉から手がでるほど欲しいものだが、まだ我慢できるレベルだ。

「あと、これ。モルガとエルバが、行こうとしてる店の招待券をくれてて……けっこうがっつりした肉料理なんだけど、串焼きが本当に美味しいよ」

「……くしやき？」

「ああ。分厚い肉を炭火であぶるんだ。焼きたてを食べるんだけど、肉汁も美味しいよ」

アストレイアは頭の中で分厚い肉を思い浮かべ、しかしすぐに頭を振った。

だめだ、こうしていろいろ釣られてきた結果が、この滞在に繋がっているのだ。

本当に踏ん切りをつけるなら、イオスに腹を立てている素振りを見せている今が逃せない。そうだ、逃走が無理なら堂々とこのまま怒って帰った風にしてしまえばいい。

「悪いけど、」

「あの二人、きみが食べるの好きだって聞いて奮発してくれたから、行かないと悲しむんじゃないかな」

「……。それ、ずるくない？」

行かなくても誰の迷惑にもならなければ、それはそれで構わないとは思う。

だが、用意された礼と知った上で無視をして相手を悲しませることはアストレイアにはできなかった。その気持ちが温かなものであることは、よく知っている。

「――ねえ、イオス。行きたいところあるんだけど」

「どこ？」

「その招待券のお礼、ちゃんと言わないといけないでしょう。あの二人のところ、案内してよ」

アストレイアの答えにイオスは笑った。

その表情にまた負かされたと一瞬思ってしまったが、今回はモルガとエルバからの善意のおかげで予定が変わってしまっただけだ。イオスに負けたわけじゃない。

それに、どうせイオスはまた何か言ってくるはずだ。怒ったふりをして森に帰るチャンスはこれからだって、きっとある。

「こっちだよ」

そう言いながら先導するイオスにアストレイアは続いた。

イオスの足取りはしっかりしたものだが、アストレイアを気遣ってだろう、少しゆっくりとした速度だった。だから今までは窓からしか見れなかった風景を、ゆっくりと見ることもできた。

「興味深そうだね」

「草花が森とは種類が違うみたいだから。あと、すごく丁寧に手入れされてるのね」

「この街の要《かなめ》だからって、街の人たちが好意で手入れしてくれているんだ。とてもありがたいことだよ」

「慕われてるのね」

木々の様子を見れば短期間ではなく、長い年月をかけて作られた庭であることがよくわかる。それだけの長期間市民から愛されている騎士団となれば、その誠実さも予想できる。

（そりゃ、身体張ってキマイラとも戦うような人たちだもん。当然、か。羨ましいな）

しかしアストレイアはそう感じたことをすぐに頭の隅へ追いやった。そしてそのまま小鳥の声を聞きながらまっすぐ歩いていると、しばらくしてイオスが足を止めた。

目的地に着いたのだろうか？　そういえば、そもそもどう礼を伝えるか考えていなかったな……と、アストレイアは思ったが、そこにいたのはスファレだった。

「こんな所でなにをやってるんだ、イオスフォライト。お前、今日は休暇だろう？　暇なら俺を手伝わないか？」

「お疲れさまです、隊長。休暇ですので、仕事はしませんよ」

挨拶代わりの言葉を軽く流したイオスに、スファレは肩をすくめた。

「と、お嬢さん。もう加減はいいのか？」

「おかげさまで。お久しぶり」

自分にとっては上官ではないと、アストレイアは自然な態度を保ったままスファレに答えた。

「本当は見舞いしたほうがいいかと思ったんだが、女性の休む部屋に入るのはどうかと思ってな」

「そのわりには見舞いの品も届かなかったわ」

「ああ、確かにそうだなぁ。まぁ、何にせよ元気そうでなによりだ」

そしてスファレは豪快に笑って誤魔化したようだった。

「正直だいぶ出しゃばりな魔女だと思っていたが、イオスフォライトの話だと予想以上に戦闘慣れしてたって話じゃないか。へんぴな所に住んでるって聞いてたのに、どこで磨いてたんだ？」

「内緒よ」

「はは、そりゃイオスファライトも知らないことを俺に教えられるわけねぇな」

そう、からかうように言ったスファレは、しかし一旦笑いを収めるとゆっくりと頭《こうべ》を垂《た》れた。

「貴殿の助けがあったからこそ、私は二人の隊員を失わずに済んだと聞いている。本当に、感謝がつきない」

「やめてよ」

そういえば数日前にイオスともこのやり取りをしたなと思いながら、アストレイアは一歩引いた。イオスのときもそうだったが、スファレに改まれるのも気味が悪い。

「じゃあ、お嬢さんの希望に応える代わりに教えてくれないか？　イオスフォライトの戦闘、どうだったよ？　こいつ、必死だったからところどころしか覚えてないって言ってるんだ。一応あの魔物の弱点はわかったみたいだが、お嬢さんの戦闘も『俺に魔術はわかりません』って言って何にも役に立たないんだよ」

「……私だって必死だったわよ」

「まぁ、イオスフォライトが覚えてないっていうんだから、無理もないとは思うがな。たった二人で立ち向かったんだ。ただ、何か思い出せば教えてくれ。今後の役に立つこともあるだろう」

意外にもスファレは肩をすくめてあっさり引いた。

すでにイオスが根回しをしていてくれたこともあるのだろうが、スファレの言動からはイオスがそれだけ信頼されていることが示されていた。

（……その信頼を利用させたのは、悪い気がするけど）

もしも再びキマイラが出るようなことがあっても、役立つ情報を残せられたのならば、これくらいは甘えさせてもらうことにしよう。

「隊長、彼女も病み上がりですので」

「ああ、そうだな。で、その病み上がりの彼女を連れてどこに行こうってんだ」

「気晴らしです」

うまい具合に話を反らしつつ一礼したイオスは、そのままスファレの横を通り抜けた。

しかしその際に「ああ」と、スファレは思い出したように呟いた。

「どこに行こうが構わんが、時間には遅れるなよ？」

「それは、安心してください」

「まあ、お前が遅刻なんて真似しないわな」

納得したように手を振りながら去っていくスファレの背中を見てアストレイアは首を傾げた。

「ねぇ、イオス。あなた今日、なにか用事があるんじゃない？」

休暇だと言われていたが、演習でもするのだろうか？

「大したことないよ」

「じゃあ、掃除当番くらい？」

「そんなものかな」

いや、絶対に違うだろう。掃除は大事な仕事だが、副隊長が掃除当番を担うとも思えない。

アストレイアの中には疑問が湧くが、考えることはやめた。イオスが気にするなといっているのだから、そういうことなのだろう。

それにイオスが誤魔化しているのなら、今は誤魔化されておこうとアストレイアは思った。約束通り、イオスも戦闘のことを何も言わずにいてくれたのだ。

「あ、それより。モルガとエルバ、いたよ」

イオスが指差す先を見ると、そこには先日倒れていた二名の騎士がいた。

どちらがモルガかエルバかわからないが、アストレイアはひとまず軽く頭を下げた。

騎士もアストレイアとイオスの姿に気付き――そして、弾《はじ》かれたようにピシっと姿勢を正したあとにすぐに駆け寄ってきた。

「先日は、ご迷惑をおかけいたしました！」

「救援、本当にありがとうございました！」

口々にそういう騎士の勢いに、アストレイアは一瞬怯んだ。ただし後ろに下がりそうになったのはアストレイアの背を支えたイオスの手に遮られてできなかった。

「モルガ、エルバ。あまり声が大きいと、驚かれるよ」

「「し、失礼いたしました！」」

しかしその声もまだ大きい。そしてアストレイアが二人を見ても、二人の視線はやや上に向かい、合うことはなかった。もしかして、二人も緊張しているのだろうか？　そう思いながらアストレイアは首を傾げ、そして驚きのあまり礼が言えてなかったことを思い出した。

「あの、優待券、ありがとうございました。お肉、楽しみです」

緊張しすぎた結果、イオスにもスファレにも使わなかった丁寧な言葉がアストレイアの口から飛び出てしまった。

そんなアストレイアの言葉に二人の騎士は顔を見合わせ、ほっとした様子を見せた。

「すみません、少しワイルドな御礼になってしまいましたが……俺もエルバも、女性が喜ぶものはあまり思いつかなくて」

「繊細な菓子とも考えたのですが、なにぶんどれが美味しいのかわからなくて。でも、そこは絶対に美味しいと胸を張って言えますので、楽しんできてください。もし、招待券の分で足りなければ私どもにツケてもらって構いませんから」

冗談っぽく言うエルバだろう騎士にアストレイアも微笑んだ。

「ありがとうございます。では、遠慮なく」

そう言うと、モルガの方が「あー……」といって頭を抱え、そのまま地面にうずくまった。

「モルガ、どうしたんだ？」

「なんで俺、こんな可愛い子に助けられてしまったんだ……。これじゃナンパできないじゃないですか。むしろ可憐なお嬢さんを助けたかった」

「……何を馬鹿なこと言ってるんだ、モルガ」

「馬鹿なことって！　むさい連中が集まる中で出会いもなく暮らしている俺の気持ち、副隊長にはわからないでしょう⁉」

「環境だけなら俺も同じだろう」

「だけど副隊長はそうやって……って、痛ッ！」

「お前本当に馬鹿だな、人前で格好悪いだろうが！」

呆れた調子で溜息をついたイオスに噛みついたモルガの頭には、エルバの拳が落とされた。

（……痛そうな音がしたわね）

頭を押さえてうずくまるモルガをよそに、エルバはイオスに向き直った。

「この馬鹿には言い聞かせておきますから、いってらっしゃいませ」

エルバはあくまで笑顔を浮かべているが、若干青筋が立っているように見えなくもない。

「……じゃあ、任せるよ。ああ、あと準備も頼む」

「心得ています。では、楽しんできてください。ああ、お土産は受け付けますので」

そうして小さく手を振り見送るエルバも軽口は叩いている。スファレのことを考えても、砦の騎士同士の雰囲気は随分アットホームであるようだ。

しかし、だ。

「あなた、本当に副隊長って呼ばれているのね。若そうなのに」

「若そう……っていうか、若造だけどね。ここには、あまり上級幹部はいないから」

エルバたちから少し離れたところで口を開いたアストレイアにイオスは苦笑した。

確かにイオスの見目《みめ》は街を預かる騎士の副隊長というには、少し若い。武力に関しては実力が伴っていたのですでに疑う余地はないが、おそらく学もあるからこそなのだろう。

「ちなみにいくつなの？」

「いくつに見える？」

「……二十そこそこ？」

「じゃあ、二十そこそこで」

「なにそれ」

「きみは……いや、やめておこう。女性に年齢を聞くのは野暮《やぼ》って、食堂のお姉さんが言ってたから」

確かに自分の年齢を聞かれても、アストレイアは困ってしまう。

その素晴らしい教えを伝えてくれたお姉さんとやらにアストレイアは深く感謝した。

やがて門番に見送られながらアストレイアたちは砦から出た。そこからしばらくは広場のようなところが続いていたが、そのうち急に商店が並ぶ通りが現れた。

「街中にでたら、ちょっと驚くかもしれないね」

「驚く？」

「ああ。でも、悪いことじゃないから」

そんな曖昧な言葉にアストレイアは首を傾げたが、それに気を取られたのは一瞬のことだった。

次の瞬間、アストレイアの耳には様々な声が飛び込んできた。

「今日は久々に海のほうから干物が来てるぞ！　ほら、ご祝儀価格で買ってけ！」

「あはは、それだといつもより高《たけ》ぇから買ぇねぇなァ」

「なにおう、俺の店は常にお客様価格だぞ？　そっちの菜《な》っ葉《ぱ》よりも腹膨《ふく》れるだろうが」

「菜がなけりゃ食もすすまないだろうが！」

「あはは、違いねぇ」

買い物客に菜を売る店主、それからその様子を隣の店から覗《のぞ》く威勢のいい魚売りの声。

冗談交じりの店主たちのやりとりは軽快で、アストレイアが普段買い物に行く街よりも賑《にぎ》やかだった。

「しばらく、キマイラのことでみんな緊張していたから。今はとても開放的になってるんだ」

「なら……よかったわね」

「なんか、その言い方だと他人事みたいだよ」

しかしそう指摘されても、アストレイアとしては反応しづらい。犠牲が出たら嫌だと思ったことは確かだが、だからといって『私のおかげね』なんて言いたいわけじゃない。むしろ自己満足のためにやっただけなので間接的に喜ばれたことは、自分の手を離れた出来事だという印象だ。

「でも、そうも言ってられなくなるよ」

「え？」

「今にわかるよ」

そうイオスが言った直後、魚売りの男性がイオスの方を見るなり驚いた顔を見せた。

「副隊長さんじゃないですか！　何してるんですか、こんなところで！」

「今日は休みなんですよ」

「休みなら先に言っといてくださいよ、美味い飯を御馳走《ごちそう》しますよ！　副隊長さんの活躍でこの街は救われたようなもの……って、もしかしてそちらのお嬢さんは副隊長と一緒に戦われた……？」

「……」

イオスはニコニコしているだけで、アストレイアも反応できずにいたのだが、それでも男性は感極まったように両手を合わせた。

「干物、干物を持っていってくださいよ！　って、あれか、もしかして二人で出かけなさるんですか？　それなら荷物は邪魔になりますね……そうだ、砦に届けておきますよ！」

「おま、抜け駆けずるいぞ！　副隊長さんにお嬢さん、うちの野菜も美味しいですからね！　うちからも届けておきますよ‼」

競うように二人に話しかける店主たちの間から、今度は一人の恰幅《かっぷく》の良い女性が割って入った。

「あんたたち、忘れていないかい？　副隊長さん、お嬢さん。私からはいいお酒を送っておくよ。甘いやつと強いやつ、どっちのほうがいいかい？」

そう言いながら瓶《びん》を掲げる女性は酒屋なのだろう。

「あ、ありがとうございます……」

「なぁに、祝いの品にゃ困らないからね！　それより、副隊長さんと一緒に街中を見られるならあんまり邪魔しちゃ、野暮ってもんだい。ねぇ？」

「な……」

「そうだそうだ、まぁ、楽しんできてくだせぇ」

「砦にはちゃんと届けておきますのでね！」

野暮って何！　そう、アストレイアが反論する間もなく店主たちは賑やかなまま、各々の店に戻ってしまう。

「じゃあ、行こう」

「そ、そうね」

どうしてそんなに平然としているのかと、アストレイアはイオスを少し恨めしく思いながら、けれど自分自身を落ち着かせて返事をした。

（……でも、ずるい）

また自分一人が焦ってしまったのかと悔しくも思うが、それを表に出すのは余計に悔しい。

（……でも、恨めしくても、悔しくても……イオスの隣、居心地は悪くないのよね）

アストレイアが想定外のことを言ってもいつでも余裕綽々《しゃくしゃく》といった雰囲気で腹が立つことも多い気がするのに、どこかでほっとしてしまう。

イオスがもっと嫌な人間であれば、とっくに突き放せていただろう。

「……なんか、イオスはずるい」

「うん？」

「なんでもない」

何が、と、問われれば上手く言葉で表すことは難しい。ただ、もしも一緒の時代に生まれていればもっと色々話せたのかと思うと、残念だという想いが浮かんでくるのは否定できない。

（出会わなければ、こんな思いもしなかったのに）

しかし、この思いを抱いてしまうのはイオスのせいではない。

あの雨の日に助けた後、アストレイアがイオスを放っておきさえすれば、イオスがアストレイアのもとを再び訪ねることはなかったはずだ。家に招かず、雨が当たらないところに移動させる程度にとどめておけば、たとえ風邪をひいたとしても翌日には目覚めて砦へ向かっただろう。

（でも、私はそうしなかった。誰にも見つかっていなかった住処に、イオスを招き入れた。……結局、私が人と関わりたくないと言いながらも、中途半端な行動をとっているせいなのよね）

人を避けざるを得ない原因――四百年前、力を得た代償で不老不死になってしまったことを帳消しにしたいわけではない。

イオスたちが生きている世界は、あのときの自分がいなければ築くことができなくなっていたかもしれない。今を笑って過ごしている人がいることが、嬉しい。だから、自分のやったことは無駄ではなかったと教えてくれたイオスと出会いたくなかった、と、いうわけではない。

それでも世界に一人取り残されることがわかっている以上、親しくなることは、別れが辛くなるだけだ。

「ねえ」

「わ、」

「……もしかして、歩くの久しぶりだから、もう疲れた？」

上の空の状態だったことに気付かれたアストレイアは、慌てて首を横に振った。

「心配ないわ。珍しいものばかりだから、つい眺めてしまっていただけよ」

「ならいいけど、長く歩くのは久しぶりだろう？　きつくなったらいつでも言ってくれて構わないから」

「……たとえ疲れても、言ったら何が起こるかわからないから絶対言わない」

抱え上げられるのはごめんだ――そう、言外で思っただけでアストレイアは顔が熱くなるのを感じた。二度もあれば、思っただけでどういう状況になるのか想像もできてしまう。せめて表情だけでも歪まないように、口元に力を入れた。

「ああ、そうだ。誘っておいて悪いんだけど、装飾店寄ってもいいかな？　遠回りにはならないから」

「装飾店？　かまわないけど」

「よかった」

どうやらアストレイアの様子に気付かなかったらしいイオスは、前を向いたまま思い出したようにそう言った。

しかし、少なくとも見える範囲には装飾店で買うようなものをイオスは身につけていない。それなのに、一体何が欲しいのだろう？

（ま、装飾店なんて私もあまり行かないし……せっかく寄るのだったら、イオスの用事が済むまでは見てみようかしら）

しかしそんなことを思ったのも束の間のことで、イオスが寄った装飾店というのは、実にキラキラとした世界であった。

店内は華やかに彩られ、小さな石のついたリングは繊細な台座に収められているし、その隣にあるネックレスの鎖は美しくも非常に細く切れてしまうのではないかと思ってしまうし、花を象《かたど》ったブローチも『触れれば欠けてしまうのではないか』と思わずにはいられない。だが、それらはどれも非常に華やかで美しい。アストレイアも褒美として装飾品を与えられたことはあるが、全体的にもっとがっしりとした作りのものばかりで、どちらかといえば軍服に似合うものばかりだ。

（まるでおとぎ話のお姫様のためのお店じゃない！　こんなお店、よく平然と入れるわね……!?）

煌《きら》びやかだとしか言えない場所に、アストレイアはそう思わずにはいられなかった。

しかし、そこで一つの疑問が湧く。

そもそもお姫様にしか用事がなさそうなこの店に、一体イオスは何の用事があるというのか。

入店と同時に店員はイオスの用事に気付いたようで、すぐに「用意してますよ」と奥に引っ込んでいってしまった。どうやら、用事は受け取りだったらしい。

（……何だろう、凄《すご》く気になる）

ここで、一体イオスは何を頼んだというのだろうか？

やがて再び姿を現した店員からイオスは紙袋を受け取っていた。

「おまたせ、行こうか」

「ええ」

店を出るイオスの表情は、心なしか入店前より機嫌が良さそうに見えた。

本当に、一体何を頼んでいたのだろう？

「ねえ、ちょっと止まってもいい？」

「ええ、構わないわ」

「ありがとう」

イオスはそう言うと、道の端で紙袋から一つの箱を取り出して、それを開けた。

箱の中にはペンダントが収まっており、イオスはそれを手にしてアストレイアに見せた。

「これ。魔石、ペンダントにしてもらったんだ」

「ああ、そうだったの」

「自分でどうにかできるかなって思ったんだけど、難しそうだったから」

細いワイヤーで赤い魔石を囲うように装飾されたそれは、アストレイアの持っているものとデザインがよく似ている。魔石の硬度は非常に高いためカッティングが難しく、昔からこのようなデザインで使用されることが一般的だった。

「あまりに硬いから、何の宝石なのかって店主にすごく不思議がられたよ。内緒っていったら、秘蔵の品だと勘違いされたし」

イオスは苦笑しながらそれを首に通し、石を衣服の中に収め、空箱を紙袋の中に戻した。

「すぐに身に着けるなら、包装なしで受け取ればよかったのに。袋も箱も、邪魔になるでしょ」

「それもそうなんだけどね。さて、用事も終わったし、お肉、食べに行こうか。もう近くまで来てるから」

「ねえ、念のために聞きたいんだけど……そのお店、マナーに厳しかったりしないわよね？」

話を聞いた限りでは、分厚い炭火焼の肉ということしかわからない。だからアストレイアもそれほど気負わずに行ける場所なんだと思っていたが、先ほどの装飾店は外から見ても明らかに高級感が漂っているし、この辺りの他の店もその店が浮かないほどに品がある通りになっている。最初に小売業の店主たちと話をした、親しみやすさとは明らかに雰囲気が違うのだ。

イオスたちも騎士だ、食事のマナーは知識として当然のこととして持ち合わせているだろう。

しかし、そう心配するアストレイアに対してイオスは笑った。

「一本通りが違えば雰囲気が違うし……それに、多分真逆だと思う」

「え？」

「店に入ればわかると思うよ。それより、お腹の準備は万全かな？」

からかうようにかけられた言葉に、アストレイアはイオスの腹に拳をいれた。

しかしイオスは笑うばかりで、まったく動じはしなかった。


そしてしばらく歩いて着いた店は、確かにイオスが言った通り正反対の雰囲気だった。

それは店に一歩入れば一目瞭然だった。

「おう、副隊長殿じゃねぇか。最近お前、すごい英雄みたいに言われてるんだが……お、お前が英雄とか笑うしかねぇよな？　笑っていいよな？」

「笑いながら言わないでください。そこ、奥の角、空いてますよね」

「おう。空けとけって言われてるからな。お前、酒はいつものヤツだよなぁ？」

カウンターの豪快な男性はそれだけ言うと、イオスが注文する前からグラスに酒を注ぎ始めた。

もはやマナーどころか客の注文すら関係ない店だった。

「……常連なの？」

「まあ、一応、そんなところ」

「つか、コイツ、王都から来て一日目に隊長殿に連れてこられたときに酒を飲み過ぎてだな、ぷぷ、すごい酔っ払いっぷりだったよなぁ？」

「ストップ、ストップ。それ以上は客に言うセリフじゃないですよね？」

若干焦った様子のイオスに言葉をかぶせられた店主は大笑いした。なるほど、確かにスファレと気が合いそうな店主である。

しかしそれより、だ。

「イオス……あなた、意外と馬鹿だったのね」

酒の席で飲み過ぎて失態を犯すタイプには見えなかったが、その焦りようはそれが事実だと証明していた。泣き上戸だったのだろうか、それとも笑い上戸だったのだろうか？　笑い話にできる範囲ではあるようだが、少なくとも非常に後悔している事柄でもあるようだ。

まさかイオスが言っていた『隠したいこと』はこのことなのか。それならずいぶん平和な悩みではないかとアストレイアが遠い目をしかけた横でイオスは額に手を当てていた。

「マスター」

「おう、悪い悪い。肉、ちょっと増量しといてやるよ」

「それで誤魔化されると思ってるんですか」

「じゃあ、その酒一杯分もサービスしといてやるよ」

そういいながらも全く悪いと思っていなさそうな調子のマスターに、イオスは深い溜息をついた。

「今日、足りない分はモルガにツケてていいって話だから、俺にとっては何の得にもならないですよ」

「なら余分にツケといてやろうか。どうせバレねぇだろ」

「マスター」

「冗談だっての」

「まったく。ああ、ごめん。あっちに座ろうか」

一旦話を打ちきったイオスに促され、アストレイアはカウンターの一番奥の席に座った。寄りかかろうと思えば寄りかかれる位置に壁があり、けれど狭くは思わない場所だった。

「何、飲む？」

「……お任せしよう、かな。特に今日のメニューに合うのはどれかしら」

メニューが読めないとは言いづらく、そう誤魔化せばイオスが唸った。

「……病み上がりだから、酒類はお薦《すす》めしないんだよね」

「お酒でもいいけど。イオスの『いつもの』っていうお酒、美味しいんでしょう？」

「ダメ。マスター、酒以外でおすすめは？」

「酒以外なら、一番はやっぱり水だろ。肉の味がしっかり引き立って美味いぞ？」

「じゃあ、水にする？」

「……そうね」

「あいよ」

少なくとも水なら苦手ということはない。肉の味を引き立てるというのなら、悪くない選択肢でもあるはずだ。

しかし、だ。

「水で乾杯、か」

まるで子供のようだと、アストレイアは小さな溜息をついた。

実のところ、アストレイアに飲酒の経験はない。

過去、戦争が終わったら親友や仲間と祝杯を上げようと約束していたことはあったのだが、結局戦を勝利で終えてもそのような機会に恵まれないまま、今に至ってしまっている。

だから一度くらい飲んでみたいと思ったのだが、頑《かたく》なに要求しても、アストレイアにはイオスが認めてくれるとは思えなかった。今日は諦めるしかなさそうだ。

少しだけ恨めしい気持ちでイオスを見れば、彼は苦笑するだけだった。

「体調が完全に回復するまでは、やめておいたほうがいいよ」

「それは……病み上がりに自分がやらかした前科があるからこその、忠告かしら？」

少しからかいを含めて告げれば、イオスは笑顔のまま頬をひきつらせていた。

その何とも言えない不器用な表情はいつものイオスらしからず、水を持ってきたマスターをも大笑いさせていた。

「あはは、こりゃ酒飲むより余程面白いもんが見れたなァ。それに、嬢ちゃんもまた来りゃいいのさ。そしたら酒も飲めるだろうし、そもそも昼間っから飲むなんざ、こんなぼんくらだけでいいんじゃねぇか？」

「……昼間から問答無用で酒を出したマスターがいいますか？」

「おう、気が利くだろう？　お前、減酒はしても禁酒はしないし。生ハムでも食って肉が焼けるの待ってろよ。ほら、嬢ちゃんも水、置いとくぞ」

からかうだけからかったマスターは鼻歌交じりに調理台へと戻っていった。

マスターが置いた生ハムは山盛りで、水もあふれるくらいギリギリまで注いであった。

「……とても生き生きとしてる人ね」

「歩く太陽みたいな人だろう？」

「ほんと、圧倒されちゃうわね」

そう言いながらも、乾杯とグラスを合わせた。

反動で少し零れてしまったが、口に運んだ水はとてもすっきりしていた。

「美味しい」

酒を飲んでみたかったという思いはまだ残っているが、この水も喉を潤《うるお》してくれるものだった。

「それはよかった」

「イオスもお酒、美味しい？」

「うまいよ。まあ、今日に限っては二杯目は自重するように隊長からも言われてるから、俺も次は水だけどね。……一応、二杯や三杯で酔うほど弱くはないんだけど」

「じゃあ、前に酔ったときは一体どれほど飲んだのよ」

呆れるアストレイアに、イオスはただただ苦笑するばかりであった。

そしてそう言っている間に店の入り口が開き、新しい客が姿を現した。するとマスターは再び軽口を言いながら客を席に着かせ、そのまま作り置きの料理を出している。そうしているうちに更に新しい客が現れ……徐々に人が増えていく様子がアストレイアの目に入った。

「ピーク時は、本当に満席になるんだよ。今はまだ少し早い時間だから少ないけど、外にも行列ができることもあるんだ。だから砦の皆も昼休憩じゃ時間が足らなくて、夜か休みのときしか来れないんだ」

「なんとなくわかる気がするわ。だって、さっきから、とてもいい匂いがしているもの」

「うん。俺も正直、いつ腹が鳴ってもおかしくないと思ってる。それより、きみも生ハムは食べないの？」

「ちゃんととるから平気」

「ならいいけど、さっきからきょろきょろして生ハムが見えていないみたいだったから」

「ちゃんと見えていたわ」

確かに店内に気を取られてはいたが、生ハムを忘れるほど夢中に見回していたわけではない。そもそもすべて食べてしまっていても怒らないのに——そう思いつつ、アストレイアは生ハムを口に運んだ。

「美味しい？」

「……ええ、とても」

先ほどの『怒らない』と思ったことを訂正しなければいけないと思うほど、生ハムは美味しかった。

同時に思いを口にしていなくてよかったとも思った。

「きみ、本当に食べるの好きだね」

「私も、最近まで知らなかったわ」

そう言うとイオスは小さく吹きだして笑った。

「た、確かに自分でも知らないことって、案外あるけど、うん、そうだね、うん」

「ちょっと、なんでそんなに笑うのよ」

「ごめんごめん、いや、それなら気付けてよかったねって思って」

そう言いながら肩を震わせ続けるイオスをアストレイアは小突いた。

「でも、イオスだって食べるの好きでしょ。料理、できるじゃない」

「喜んでもらえることって、やっぱり嬉しいからね。騎士団の奴らも腹減らしているのが多いから、自然とできるようになってしまったんだよ」

イオスは笑っていたが、アストレイアとしては彼が言う腹を減らしている者の一人が自分なのかと思うと、なんとも笑うに笑えない。

「……私がお腹がすくのはイオスが悪い。イオスのせいよ」

「ごめんってば。でも、すぐに美味しいお肉くるから許して」

「ダメだ。この肉はお前の手柄じゃなくて俺の手柄だ。ってことでお二人さん、肉丼大盛りお待ちどうさん。あと、こっちは追加の肉な」

軽く片手で謝っていたイオスを遮るようにドンドンドンドンと勢いよく丼と皿が並べられて、アストレイアは驚いた。

まずは丼《どんぶり》。丼鉢全体にやや厚めに切られた肉が大量に敷き詰められ、その下にあるだろうご飯がまったく見えない。肉の表面は炭火でこんがり焼かれているが、肉の中央部はミディアムレア。その色が食欲をそそっている。

そして追加といわれていた皿の上には、串に刺さったままの肉が置かれていた。こちらは串のまま焼かれたのか焼き加減は見えないが、おそらく丼の上と同じ、絶妙な焼き加減になっていることだろう。

「タレもいいが、肉を味わいたいんなら岩塩をかけても美味いぞ。薬味も捨てがたいところではあるんだがな」

そんなマスターの説明が遠くの声のようにしか認識できないほど、アストレイアは肉に見入っていた。

「さ、どうぞ」

「い、いただきます」

イオスの言葉を聞き、アストレイアはその感動を抱いたまま肉を口に運んだ。

頬張った肉のうまみは舌先から広がり、あっという間に口の中を満たした。

「美味しい……！」

「それはよかった」

「イオスも何してるの、はやく食べないと！　これ、すごく美味しいから冷める前に早く！」

イオスがそんなことを知っていることくらい、冷静であればアストレイアにも理解することはできただろう。しかし、感動に震える今の状況下ではそんな判断ができなかった。アストレイアは肉を味わいながらも勢いよく食べ、そして追加の肉串も手に取った。

「一応、ここの売りはその串のまま食べることでもあるから、そのまま食べてみるといいよ」

「じゃあ、遠慮なく」

串についたままの状態では少し食べにくいが、言われたとおりそのままアストレイアはかぶりついた。やはり肉は絶妙な焼き加減であり、また、串のままであることでより焼き立てという雰囲気を味わうことができて美味しく感じる。

「よかった、本当に元気そうで」

「え？」

「きみ、二日間眠っていたでしょう。理由もわからなかったし」

心配してたんだ、と続くだろう言葉は飲みこまれたが、それはアストレイアにも伝わった。

寝ていたほうからすれば「腰が痛い」くらいしか感じていなかったが、もしもイオスが二日間眠り続ければ、アストレイアとて心配もするだろう。

「……もう、大丈夫よ」

「知ってる。むしろ、この食欲で大丈夫じゃないって言われたら、それはそれで心配かな」

「あっそ。ね、これ、お代わりしてもいい？」

「いいよ。エルバたちに遠慮しなくて済むように、ちゃんと支払っておくから」

それはイオスの奢《おご》りということなのだろう。

イオスの返答を聞いたアストレイアはマスターを呼び、串を振ってお代わりを要求した。

威勢のいい返答で、新たな串が用意され始める。

「ねえ、元気そうなら……このあともう少しだけ行きたいところがあるんだけど、大丈夫かな？」

「うん？　大丈夫だけど、どこにいくの？」

「それは、行ってみてからのお楽しみで。今は早く食べないと、肉も冷めちゃうだろ？」

「あ、うん」

説明しにくい場所なのだろうか？　それとも、今は秘密だということだろうか？

（ま、私はどこでも構わないしね）

どうせ森に帰るにしても、誰も見ていないタイミングで帰りたいのだから、今日はお預けなのだ。

それなら、どこについていっても問題なんてないのだから。


「ごちそうさまでした。美味しかったです」

「じゃあ嬢ちゃん、今度は酒が飲める万全の体調で来いよな。二人でイオスを潰そうぜ」

食事を終え、満腹かつ満足な状態で告げたアストレイアに対して、店主は豪快に笑った。

イオスがなんとも言いがたい表情を浮かべているが、マスターは気にする様子もなく、アストレイアも曖昧に笑った。

それはマスターの誘いに応じていいか否かというだけではなく、次という可能性について反応できなかったということもある。果たして、次があるだろうか。

店を出ると既に何人かの客が列をなしており、今がちょうど昼飯時になっていたのだと気付かされた。

「……」

「どうしたの？」

「ううん、お昼、本当に早めの時間だったんだなって思って」

列ができるとは聞いていたし、実際に美味しい店であったのでこの列も納得できるのだが、実際に目にすると改めて驚いた。

「もしかして夜までにお腹すいちゃうかもしれないって、心配してる？」

「そ、そんなことないけど！」

そこまで食い意地ははっていない。それはひどい誤解だと、アストレイアは抗議した。

しかしイオスは笑っていた。

「でも、今日は夜のためにも腹は減らしてた方がいいと思うよ」

「え？　……特別メニューなの？」

イオスの変わらぬ笑みからは肯定の意が汲《く》み取れるのだが、それ以上の言葉は続かない。

（普通なら言えないことじゃないと思うんだけど……もしかして悪い意味での特別メニューなの？）

例えば腹を減らしていなければ食べられないメニューなどだったら、確かにちょっと口にはできないかもしれない。

（……そういえば、イオス、ここに来る前にも時間には注意するように言われてたわね）

もしそれが本当に演習で、夕食が訓練食だったとしたら――たしかに少し、いや、かなり心配だ。昼に豪華なものを食べているので、余計にひどく感じてしまうかもしれない。しかしそれでもきっと四百年前よりは美味しいはずだ――そう、アストレイアは信じることにした。それに、まだ夕食が残念なことになると決まったわけではないし、そもそも客人であるアストレイアも同じメニューとは限らない。

「そんなに心配しなくても平気だよ」

「……信じるわよ、その言葉」

「うん、安心して」

そんなことを言いながら歩いていると、徐々に喧騒《けんそう》から遠のいていった。道路もいつしかやや狭くなっていたが、人通りもほとんどない場所へと来ているので、まだまだ広いくらいである。のんびりと穏やかな風が吹き、砦で療養しているときに聞いたものとは別種の鳥のさえずりも聞こえている。突き抜けるほど青い空は、雲一つなく晴れ渡っている。

「平和ね」

「ああ。キマイラがいたときも、この場所に限ればこんな雰囲気ではあったんだ。でも、見てるときの気分がちがうからね。今なら落ち着いていられるし、欠伸《あくび》をするのだって躊躇《ためら》わないよ」

「欠伸しててこけたりしたらだめだからね」

「気を付けるよ」

制服に汚れがつけば格好が悪いし、そもそも欠伸をする騎士というのはいかがなものか。

そう思いながらアストレイアが言うと、イオスからは気の抜けた声が聞こえてきた。その様子は本当にリラックスしているようだった。

（……でも、副隊長さんだものね。休息はとれるときにきちんととらないと）

なんだかんだ言っても、結局イオスはしっかりしているのだ。アストレイアが言うようなことは、本人だってわかっているのだろう。

「ここから先、ちょっと階段だから。疲れたら言ってね」

「ええ」

石段の先に一体何があるのだろうと思いつつ、アストレイアは途中で若干息が上がりそうになった。疲れたら言うようにとは言われたが、息一つ乱さないイオスに負けじと思えば言えないことだった。

（……そもそもこんなに長い階段、歩いたのは何年振りかしら。人気もないし、普段なら飛んでしまいそうだわ）

もしかしたら筋力は少し衰えてしまっているのかもしれない、と、アストレイアは歩きながら思ってしまった。明日、筋肉痛にならないかと、久しくしていなかった心配まで浮かんでくる。どうも筋肉痛は怪我だと判断されないらしく、不老不死でも避けられないのだ。

なってしまうとしてもせめて明日であればいい、身体は若いときのままなのだから——などと思っていると、イオスがゆっくりと振り返った。

「大丈夫？　休憩しようか？　それとも、やっぱり少し厳しいかな」

「だ、大丈夫。休憩なんて、なくても」

しかしそう言葉を発するも、その発言自体が途切れてしまえば説得力など皆無《かいむ》であった。

だが、疲れたと訴えたところで現在地は休憩にふさわしいところではない。

（……つまりここで疲れたなんていえば、また抱きあげられかねないのよ……！）

そんな恥ずかしいことは絶対に避けたい。それが今までとは違う、自分の意思で避けられる状況なら、なおさらだ。

「イオスが休むのなら、私は先に行くわ！」

「わかった、じゃあ、行こっか」

そう言いつつもアストレイアのペースを優先させるためだろう、イオスはアストレイアの斜め後ろをゆったりと歩いているようだった。

アストレイアはふと足を止めて、後ろを振り返った。

「……ずいぶん、登ってきたのね」

一段、一段と進んでいるときはそれほど高い所に来ている気はしていなかったが、後ろに連なる段の多さには驚かされた。飛べばすぐに終わってしまうような気にもとめない高さだが、こうやって自分の足で上るとこんなにも大変だったのか。

そんなことを思いつつもイオスから言葉を受ける前にアストレイアは再び進行方向に向き直り、再度階段を登り始めた。

やがて、ついに続く階段がなくなった。

「登り切ったぁ……」

「お疲れ様」

「つ、疲れてない！」

反射的に訂正を入れたが、半ば息を切らせて膝を押さえる姿では、それが強がりでしかないということは明らかだろう。

それでも、涼しい顔をしたイオスに疲れたとは言えなかった。

「ここ……何があるの？」

息を整えながら、アストレイアはゆっくりと平らな石畳のスペースを見回した。

そこには椅子とテーブルの代わりになるような、大きな白い石がいくつか置いてある。しかしそれ以外には特に何かがあるというわけではなく、強《し》いていうならその更に先に胸より少し低いくらいの高さの石壁があるくらいだ。

そう見回しながら立ち尽くすアストレイアの横をイオスは通り抜け、そのまま石壁までまっすぐ進んだ。

「ねぇ、ちょっとだけ、こっちに来て」

振り向いたイオスの髪が風になびく様子を見ながら、アストレイアはその招きに応じた。

そしてイオスと並び、石壁に手をつき……小さく息を飲んだ。

「……！」

「ここ、街が一望できるんだ」

その石壁の向こうは、城壁の内部が……街全体が見渡せた。

「すごい」

短く単純な言葉だが、アストレイアにはその言葉しか出てこなかった。

この場所の高さは、自分が飛ぼうと思えば余裕で飛べるような高さではある。しかし、街中をこうして見下ろすことは初めてだ。昔は別の街で一望したこともあったが、街の様子が今とは異なっていた。だから見たことのない光景に、アストレイアはただただ目を丸くした。

「街を歩いていれば大きい建物ばかりなのに、ここから見れば全てミニチュアで、なんだか不思議な気分になるよ」

「よく、来るの？」

「うん。着任して、街のことを知ろうとして偶然見つけてからは時折来てるよ。人の動きや雰囲気がわかるから、ここは好きだなって思ったんだ。やっぱり、自分の守る街のことは知りたいから」

まだ把握できてないことの方が多いかもしれないけどね、と、付け加えながらも街を見下ろすイオスの表情は穏やかだった。この街のことが好きなのだろうな、と、容易に想像ができる。

しかし、だ。

「ねえ、どうしてイオスは何度も私のところにお礼に来たの？」

そんなに街が気に入っているなら、森にわざわざ足を運ぶなど面倒なだけだろう。

確かにイオスの性格なら一度くらい礼に来るだろうことは、今ならわかる。

同じ騎士にも信頼され、それから街の人々にも慕われている。そんな人が、わざわざ料理を届けるためだけに、自分のもとにやって来ていたことが、アストレイアにはよく理解できなかった。それに、改めて考えればお礼ではなく、別の感情だと勘違いする人も出てくるような状況だ。

「……怒られるかもしれないけど……似てると思ったんだ」

「……似てる？」

「うん。俺と、きみが似てるって思ったんだ」

その告げられた言葉に、アストレイアはますます疑問が深まった。

（イオスと？　何が？）

それは表情にも表れていたようで、イオスは苦笑していた。

「最初、すごい俺のこと追い返そうとしてるのに、なんだか寂しそうに見えた気がして」

「え？」

いや、違う。最初は本気で追い返そうとしていた。そのはずだ。

「俺も最初は何の表情かよくわからなかった。でも、だんだん子供のときの俺もそんな顔をしてた気がして」

「子供の、イオスに？」

「あ、子供っぽいっていう意味じゃないよ」

しかしその付け足されたイオスの言葉は耳からすり抜けてしまった。

アストレイアには自分がイオスに似ているなんて、一辺たりとも思えなかった。そして今のイオスを見る限り、幼少の頃のイオスにだって似ているとは思えなかった。

自分はイオスほどおせっかいじゃないし、面倒見がいいわけじゃない。

自分はイオスほど、慕われる部下がいるわけでも、軽口が叩ける上司がいるわけでもない。

自分はイオスほど、明確に守りたいものを持っているわけじゃない。

眉を寄せたアストレイアに構うことなく、イオスは言葉を続けた。

「俺は三人兄弟の末っ子で、一人だけ年が離れてるんだ。両親も兄さんたちも忙しくて、ほとんど家にいることもなくて、ずっと家では一人だったんだ」

「家族がいるのに、一人だったの？」

「仲は悪くないんだけどね。……俺の家は騎士の名門って言われてて、両親や兄さんたちのことはすごく誇りだったんだ。だからいつも胸を張っていたし、俺も負けないように、自分自身が胸を張れるように努力してたんだ」

「……」

「まぁ、一人っていっても使用人はいたんだけどね。でも彼らは俺を見てるんじゃなくて、他の家族と同じように振る舞う三男坊を当然のように期待していてさ。幼い俺から見た家族の振る舞いは完璧だったし、皆がどれだけ尊敬されているかわかっていたから、もし俺が失敗して期待を裏切ったらって思うと結局一人でいるしかできなくて。俺も努力はしていたけど、がっかりさせてしまったら家族の評価も下げてしまうんじゃないかって、怖くてね」

「……」

「でも、一人でいるには家が静かで広すぎて。働いている人の音が聞こえてくるのに静かって言うのは変かもしれないけど、俺が関わってもいい音だと思わなかったから、どうも認識できなくて。誰からも尊敬される家族がいて幸せなんだってわかってるのに、どこか心が埋まらなかったんだ」

「……」

「ホントは、一人でいたくないのに、言えなかった。どんなに家族が凄いって言われても、やっぱり一人はやだな、って、思ってしまってたんだ」

アストレイアは静かに、イオスの言葉を自分にあてはめてみた。

森が静か過ぎると思ったことはなかった。

誰にも関わらずに生きるのは森しかないと思ったからだ。だから、きっと自分には望ましい場所であったはずだ。事実、そのおかげでイオスが落ちてくるまで、あの場所に人が現れることはなく、平穏に暮らせていた。

話を聞いてほしいなんて思ったことはないはずだ。話をすれば関わりあいが深くなり、いつか再び化け物のように扱われてしまうと思っているからだ。

だから、イオスの言うことは自分には当てはまらない。

そう否定したいのに、頭の中にはイオスの言葉に頷く自分がいることをアストレイアは認めざるを得なかった。

本気でイオスを追い返したかったなら、魔術で追い返すこともできたはずだ。住まいだって場所を移せばよかった。

イオスが作ったかまどだって破壊すれば、きっと再び彼が来ることはなかったはずだ。本気で彼を怒らせるようなことをすれば、問題なく希望が叶ったはずだった。

けれど、それができなかったのは――どんなに自分で否定していても、イオスが来るのを、楽しみにしていたからだ。

（……小さなイオスと一緒、か）

自分が一番否定していたことを、四百歳近くも年下の青年の言葉に納得させられるとは。しかもそれが青年の少年時代と同じとなれば、もうアストレイアには苦笑しか零れなかった。

しかし、一つだけ違うと、はっきり断言できることもあった。

「……やっぱり、イオスと私は違うわ。イオスは、私よりずっと賢いもの」

イオスは自分でそれに気付くことができた。対して、見て見ぬふりをした自分が同じだとは思えない。

（それに……気付いても、解決できる話じゃない）

かつてのイオスの悩みを小さなことと見ているわけではない。小さな少年にとって孤独な世界はとても辛いものだっただろう。それでも腐らず、慕われる騎士に成長したイオスのことは心から尊敬できると思う。

ただ、それでも……自分は周囲と共に時を歩める人ではない。

もしも、自分のことを話せば、イオスは今まで通り接してくれるだろうか？

寂しいという思いに気付いてくれたイオスなら、もしかするとそれも叶うかもしれない。

しかし、たとえ受け入れられたとしても……いずれ自分は取り残されることになる。そんな状況に、果たして耐えられるだろうか？

（言えない、絶対に）

気付かせてくれて、ありがとう。

気付かせないでいてくれたほうが、嬉しかった。

相反する思いに、アストレイアの指先には力が籠《こ》もった。

私は、これからどうすればいいのだろう？　もっと話をしたいといえば、しばらくは誤魔化せることだとは思っている。けれど、いつかは隠しきれなくなることだろう。それならば、話をしたいんだと気付いた瞬間にここから離れるべきなのだろうか？　それしか道がないのであれば、気付かないまま森に逃げ帰るほうが、よほどよかった。

「……ごめん、やっぱりおせっかいだった、かな」

「イオスは悪くない。ただ、私が馬鹿なだけだもの」

ずっと現実をみてこなかったツケが回ってきただけだ。イオスは悪くない。

そう思い、アストレイアは手と腕に力を加え、石壁に身体を乗り上げさせた。

風が正面から吹き込み、少しだけ目が細くなる。ここから見えるところに、答えが落ちていればいいのに。身体をひねり、石壁に座ったまま、アストレイアはそんなことを思ってしまった。

「きみは馬鹿じゃないよ。強いて言うなら、馬鹿がつくほどお人好しだとは思うけどね」

「結局それって馬鹿じゃない。それに、お人好しはイオスのほうよ」

「俺はそうは思わないけど……じゃあ、おあいこってことにしておこうか」

「なにそれ」

示されたよくわからない妥協案に、アストレイアは小さく吹きだした。

けれどこうして言葉を交わすだけで、先ほどより気持ちが少しだけ軽くなった気がした。

「ねぇ、少しだけ手、貸してくれる？」

「え、手？」

突然のイオスの申し出に、アストレイアは目を丸くしつつも素直に右手を差し出した。

(今さら握手でもするのかな？)

不思議に思いながらもアストレイアは自分の手にイオスが近づき、包み込む様子を見て、その手の甲から傷が消えていることに気がついた。

「手、治ったのね」

「かすり傷だったからね」

「よかった」

「怪我っていうほどの怪我じゃなかったからね」

しかし、そう言いながらイオスは笑い出した。

「……どうしたの？」

「いや、思い出しちゃって。あと……さっき言った、きみが俺に似てる気がしたから会いに行ったっていうのは嘘じゃない。嘘じゃないんだけど——本当は、もう一つ理由があったんだ」

「もう一つ？」

「うん。最初、あんなに来るなって言ってるのに、一生懸命包帯を巻いてくれた子のことがもっと知りたくなったんだ。優しい子なんだろうなって、それだけでわかったから」

イオスの言葉に、アストレイアは顔が茹《ゆ》で上がってしまうかと思ってしまった。

「どうしてあそこで暮らしているのかはわからなかったけど、もしかしたら困ってることもあるんじゃないかって。それなら、俺にも何かできることもあるじゃないかって、そんな思いもあって——と、できた」

「え？　……できた？」

「うん」

すごく恥ずかしくなることを言われていたはずだったのに、突然の言葉と離れていく手に、アストレイアは目を丸くした。一体、何が起こったというのだろうか？　しかし、イオスが離した自分の手を見てみると、その指になにかが光っていることに気が付いた。思わず目を凝らしたが、見間違いでないようだった。

そこには青い石がついたリングがはめられていた。

「これ」

「なんか、似合いそうだって思ったから。お店の人には、指のサイズがわからないならやめたほうがいいって言われたんだけど、合ってよかった。この辺りじゃ、リングって魔除けの意味もあるらしいんだよ」

アクセサリーなど、魔石のペンダントしか身に着けたことがない。褒美としてもらったものは、

全て換金につかっているだけだ。しかし、だからこそわかる。

「た、高そう」

「……それは言わないでほしいかな」

「でも、私、なにもお返しとかできないし」

「勝手に似合うと思っただけだから、気にしないで。魔石の色と、同じだったし」

頭をかいて髪を乱しながらいうイオスは、珍しく口調が早かった。

その様子がいつもと違って少しおかしくて、アストレイアは小さく吹きだした。

「……気に入りそう？」

「うん。嬉しいよ。ありがとう、大事にする」

「その言葉なら、嬉しい」

「なんだか、本当にデートしているみたいだわ」

イオスはからかって言っていたが、それを聞いていなければ勘違いをしてしまいそうだ。

しかしアストレイアの言葉にイオスは苦笑した。

「みたい、じゃなくて、俺、ちゃんと誘ったよね？」

「でも、からかったって言ったじゃない」

「まぁ、モルガたちの奢りがきっかけだと、確かにデートとしては格好がつかないな」

肩をすくめて言っているが、それもからかいでしょうとアストレイアは苦笑した。

そしてそのとき、一羽の鳥が特徴的な鳴き声を上げながらこちらへ近づいてきた。

アストレイアが急なことに驚いていると、その鳥はイオスの正面まで迷わず突き進み、そこに用事があると言わんばかりに羽ばたいている。

そんな鳥にイオスは苦笑しつつ、ポケットから取り出した干し肉を一つ与えた。すると鳥は用事は済んだとばかりに飛び去ってしまった。目で追っていくと、それは砦に向かっているようだった。

「残念、そろそろ砦に戻る時間が来たらしい。あれ、隊長からの指令なんだ」

「そういえば……遅くなるなって言われてたわね？」

「うん。あと、今夜は腹を減らしていたほうがいいっていってたの、覚えてる？」

「え、ええ」

その二つに何の関連があるのだろう？

いまいち結びつけられないアストレイアに、イオスは悪戯《いたずら》っぽい表情を浮かべた。

「宴《うたげ》だよ。キマイラ討伐の、ね」

「え？」

「さて、主役を連れ帰らないと怒られちゃうな」

言葉を飲み込めていなかったアストレイアを抱き上げるように石壁から下ろしたイオスは、やはり楽しそうなままだった。

アストレイアも『宴』というものを知らないわけではない。

特に祝いの席というものは酒を楽しむ席……だったような気がする。

もうすこし詳しく言うのなら、だいたいは祝い事の内容よりも酒や料理を楽しむことに重きを置かれていたと認識していたのだが――そのこともあって、砦に戻った途端、大勢の女性たちに囲まれることは想像していなかった。

「ちょ、何⁉」

「おかえりなさいませ、お待ちしておりました！　今から私たちがお着替えの手伝いをさせていただきますね！」

「はい⁉」

何がどうなってそうなるの⁉

アストレイアは助けを求めてイオスを見たが、イオスはただただ笑みを浮かべて軽く手を振っているだけだった。

「じゃあ、またあとで」

「ちょっと待ってよ！」

「だめですよ、お嬢様。お着替えに殿方がいては邪魔になるだけですから」

「そうですよ、そうですよ。むしろ、私たちの力で驚かすほどのお姿になるよう、努めさせていただきますからね」

「では、まずお風呂からですね。すでに沸かしてありますので、私たちが全力でお手伝いさせていただきますわ」

ずいずいずいと前にくる女性たちに、アストレイアは怯んでしまった。

なんだ、これは。今から拷問でも始まるというのか。

だが、腕を掴まれ風呂場へと導かれる中、一つだけ叫ばずにはいられなかった。

「無理、ちょ、ちょっと！　お風呂くらい一人で入らせて――!!」

絶対に、絶対にそれだけは最低でも譲れない。

そしてアストレイアが心から叫んだおかげか、何とかそれだけは認められた。

ただしあくまで――それだけ、だった。

女性の支度に時間がかかるというのは、アストレイアも噂では聞いたことがあった。ただしそれは自分には一生関係ない話だと思っていたのだが――今は、関係ない話であって欲しかったという願望に変わっている。

「お肌が綺麗でいらっしゃるから、お化粧は薄い方がいいですね。紅を差すくらい、かしら？」

化粧など、人生で一度もしたことがない。かつて国王陛下に謁見《えっけん》したときですらすっぴんだった。

「服はどのようなものがお好みですか？　綺麗なものから可愛らしいものまで、色々集めてはみたのですが、せっかくですからめかし込みましょうね」

服など、軍服以外は着やすいものしか着たことがない。

「髪型は、いかがなさいますか？　なびく方がお似合いでしょうか？　それとも、まとめた方がいいでしょうか？　髪飾りはいかがいたしましょう？」

もはや、髪型など気にしたことなどなかった。

だから、アストレイアに言えることはただ一つ。

「……すべてお任せします」

しかしその言葉を聞いた女性たちが顔を見あわせ、力強く頷く様子を見たことで失敗したかもしれないと少し後悔したが、すでにアストレイアにはどうすることもできなかった。

そして諸々《もろもろ》の支度が整った頃には、既にアストレイアは力が尽きかけていた。

酒宴というのは楽しいものではなかったのだろうか。こんな苦行だとは聞いていない。

しかしアストレイアの思いとは裏腹に、身支度を手伝っていた女性たちは歓喜の声を上げた。

「さ、素敵に仕上がりましたよ、お嬢様！」

「早くこちらを見てくださいませ！」

全身鏡を抱えてやってきた女性に促され、アストレイアは疲労感を堪えて自分自身の姿を見た。

アストレイアの纏《まと》う衣装は、普段ならお目にかかれないような上等な布を重ねたもので、裾や袖口には金の刺繍が施されている。しかし幸いにも服は身体を締め付けるような作りではないため、動きにくいということはない。むしろ、着心地は恐ろしいほどいいくらいだ。そして髪には宝石がちりばめられた銀の髪飾りが使われていた。

「普段の雰囲気も素敵でいらっしゃいますけど、もともと目鼻立ちが整っていらっしゃるから、やはりこのような格好もお似合いになられますね！」

「ええ、ええ！　これで、お祝いの席も完璧ですわ！」

「調理班も気合いをいれておりましたから、食事も楽しんでくださいね！」

女性たちの声が好意的なので、アストレイアは気が遠くなりそうな状態を耐え、辛《かろ》うじて笑顔を返すことに成功した。

準備のための時間はかなり見積もられていたらしく、アストレイアの着替えが終わってもまだしばらく時間があるからと、女性たちは席を外すようだった。アストレイアは助かったと一息ついて椅子に腰かけた。悪い人たちでないということはよくわかるのだが、どうも勢いに圧倒される。

そしてしばらくすると一人の女性がアストレイアのもとに戻ってきた。

忘れものだろうかとアストレイアは思ったが、女性の持つトレイに茶菓子とポットが用意されているのが見えた。どうやら、お茶を振る舞ってもらえるらしい。

「お疲れ様でした」

「ありがとうございます。喉、渇いていたんです」

「お嬢様は大人しい御方ですのに、みなさん、元気ですからね」

控えめに笑う女性に、アストレイアも苦笑で返した。大人しいというより、何もいえなかっただけである。

「おいしそうな焼き菓子ですね。お茶もいい香りがします」

茶菓子は一口サイズでどっしりした生地の上に果実を載せ焼いてあるものだったが、アストレイアには詳しい名称はわからなかった。

「こちら、夫がとても好んでいた菓子なんです」

「旦那様が、ですか？」

「ええ。――お嬢様には、イオスフォライト様と共に夫の敵をとっていただきましたこと、とても、とても……感謝して……」

女性の途切れた言葉に、アストレイアは気が付いた。

この人の夫はキマイラに殺されたのだ、と。

軍の被害情報については体調が回復したあともアストレイアは詳しく聞いていなかった。

しかし一か月も被害が続いているとなれば、殉職者《じゅんしょくしゃ》が出ていてもおかしくはない。

「本日の宴が催されることは、夫も喜んでいると思います。騎士は平和を守る者であれ――それは、夫の願いでした。それが、皆様のおかげで成し得たのでしたら……ようやく、ようやく、夫が望んだように、街にも笑顔があふれるのですから」

「……そうであれば、とても嬉しく思います」

女性の言葉が本心なのか、強がりなのか、アストレイアには判断できなかった。

しかし、それに似たような記憶はアストレイアにも刻まれている。だからこそ、かける言葉は思い浮かばなかった。それに、この女性も返答を求めていない様子だった。

「あとで食器は片付けますから、ゆっくり召し上がってくださいね」

「ありがとうございます」

そしてその場を後にした女性が閉めた扉を、アストレイアはじっと見つめた。

「……全部が円満解決、なんてこと……難しいわよ、ね」

キマイラを見たことのない者が、対処の仕方がわかるわけもない。

(今の女性の心も、言葉を吐きだしたことで少しは晴れたなら……いいのだけど……)

溜め込むくらいなら、どんな言葉でもアストレイアは受け止めたいと思う。

ただし、できるのは聞くことまでだ。その恨みや後悔までは引き受けられるものではない。

流れる時は、いつか傷を癒《い》やしてくれるのだろうか――？　そんなことを考えていると、茶の味をよく理解しないうちに気付けばカップを空にしてしまっていた。

もう少し味わえばよかったか、と、少し後悔していると控えめなノック音が部屋に響いた。

「どうぞ」

「入るね」

それは、イオスの声だった。

先ほどの女性が食器を下げに来たのかと緊張したのだが、そうでなかったことにアストレイアの気は抜けた。――そう、気が抜けたのだが……現れたイオスを見てアストレイアは固まった。

「…………」

「うん、どうかした？」

「いや……イオス、よね？」

「うん、イオスだけど」

声を聞けば間違いなくイオスだということははっきりわかる。

しかしながら、アストレイアはどうも昼間一緒に肉にかぶりついていた人物と同じ人物には思えなかった。礼服なのだろう、黒い軍服は以前見たものより細かい刺繍も飾りも増えている。なによりいわゆる「きちんとした格好」のイオスは、いつにも増して……。

(ちがっ、いつにも増して、って何⁉)

何を考えかけた、と、頭を振ったアストレイアにイオスは首を傾げた。

「どうしたの？」

「ううん、ちょっと。……ねえ、もしかして宴会ってすごく形式ばってるの？」

「ああ、それなら大丈夫。こんな格好してるのは、最初に鎮魂祭《ちんこんさい》があるからなんだ。その後は無礼講もいいところ。この制服だって、酒にまみれるかもしれないと思ってるくらいだよ」

そう肩をすくめて言ったイオスは、けれど少しだけ寂しそうに呟いた。

「少し前に、軍で死者が出てるんだ」

「それ、さっき聞いたわ。お茶を淹《い》れてくれた方、旦那さんを亡くされたって」

「そっか」

ドアを閉めて部屋の中に足を進めたイオスはそのまま窓辺まで真っ直ぐ歩き、茜《あかね》色に色づき始めた空を見上げた。

「きっと、これは人を守るための美談になるんだと思う。騎士道を貫いた、って。でも、俺はできれば軍人も守れる軍人になりたい。散る美談なんて、残された方は悲しいのはわかってるから」

「……強いわね」

「口だけにならないようにって、努力はしてるけど、実現は難しいよね。でも、それはしなくちゃいけない。もう、二度と……こんな思いをしない、そして、させないためにも」

窓の外に向けていた身体を反転させ、ふっと息を抜いたイオスに、アストレイアは微笑んだ。

「あなたなら……きっとできるわ」

「本当にそう思う?」

「そう思えない男に『強い』なんて形容詞をつけるほど、私は言葉の安売りなんてしないわよ」

「じゃあ、失望されないように頑張るよ」

軽口のように、けれど約束されたそれにアストレイアも頷いた。

「でも、自分のこともちゃんと考えてね」

イオスだから大丈夫だろう。そう思う反面、自身の過去と重ね合わせてしまえば、その言葉はどうしても出てきてしまった。

イオスは少しだけ目を丸くしたが、やがて頷き、微笑んだ。

「では、いきますか、お嬢様」

「あら、エスコートしてくれるの?」

「お嫌でなければ、だけどね」

そして演技がかった互いの言葉に、顔を見合わせて笑ってしまった。

鎮魂祭では戦友の想いを引き継ぐ誓いを立て、同時に彼らの安らかな眠りを願う祈りが捧げられた。

その空間は厳粛《げんしゅく》で、軍の精神を表すものだった。


そしてその後、場所を移して始まった大宴会は鎮魂祭がまるで夢であったかのように感じてしまうほどのどんちゃん騒ぎになっていた。

あまりの温度差にアストレイアが驚いていると、グラスを手にしたイオスがアストレイアの側に近づいた。

「鎮魂祭と宴会を一緒に行うのは、悲しむ姿を友に見せないようにっていうところからはじまったらしい」

「なんだか、ここの雰囲気らしい気がするわ……って、イオス。私のこれ、ジュースじゃない」

「お気に召さなかったかな？」

「……宴席なのに……って言ってもまたお酒はだめって言うんでしょ」

反論は笑顔で肯定され、アストレイアは溜息をついた。

砦に戻る前に主役と言われていた通り、アストレイアは現在の会場の上座にある、とても上等だろうソファに腰かけていた。

ただし、アストレイアの座るソファを除けばこの室内にはほとんど椅子やテーブルはない。

この宴会は床に上等な敷物を広げ、その上で各自がくつろいでいる状況なので、そもそも必要とされていないのだ。大量の料理や酒も足つきのトレイに並べられ、皆、それを作法など関係ない様子で楽しんでいる。

（……着替えは大変だったけど、私、この席で助かったわ）

アストレイアの側には適度なサイズのテーブルが配置され、その上には様々な種類の料理が少しずつ盛られていた。おかげで人混みの中に混じる必要はなくなっているのだが、もしもあの中で料理をよそうとなれば、色々と大変そうだと思ってしまった。

そもそも、料理に辿りつくまでも大変そうだが……。

「足りないものがあれば、取ってくるよ。何がいい？」

「ううん、気にしないで。だって、まだ全然いただいてないもの。それよりイオスも座ったら？　イオスも主役でしょう」

アストレイアの座るソファのわきに立つイオスはいつも通りで、料理どころか飲み物も口にしていない様子だ。

しかし、イオスは苦笑していた。

「まあ、そうなんだけどね。ただ、ここにいるのはほとんど部下だから一応、ね」

なるほど、部下が羽目を外しすぎないように監視していなければいけないということか。やはり宴会も仕事の一環なのだろうと思いつつ、アストレイアは視線をずらした。

「でも、イオス。あなたの上司はあそこで遠慮なく飲んでるんじゃないかしら？」

大樽の前で、たった今「朝まで飲むぞー！」と宣言したのは間違いなくスファレだ。隊長がああいう状態なのだから、副隊長も多少の飲食くらいは構わないのではないだろうか？

「座るくらいいいんじゃない？」

アストレイアはぽんぽんと自分の隣のスペースを叩いた。

「……そうだね。お邪魔させてもらおうかな」

「イオスはお酒、飲まなくてもいいの？　昼に一杯までって言われてたのは、夜に宴があるからっていうだけだったんでしょう？」

そもそもイオスも二杯や三杯では酔わないといっていたのだ。……少しだけ酔わせてみたらどういう風になるのか知りたいと思った気持ちもあるが——

「やめておくよ。隊長が潰れたら、部屋まで運ばないといけないし」

「そう」

残念ながら、イオスは上手に逃げてしまった。

少しはリラックスした様子になってても仕事中にはかわりないということなのだろうか。

「——まぁ、それにしても、主役と言われたから何か挨拶でもあるのかと思ったけど——単純に座り心地のいいソファでご飯食べるだけでよかったわ」

「まぁね。ああ、あとは……ほら、きた」

イオスの向いた方向には色とりどりの衣装を着て楽器を抱えた一団が現れた。

「楽団？」

しかし一団の中にも何人かは楽器を持っていない人も存在している。

「あの人たちは、歌うの？」

鎮魂歌の代わりなのだろうか？　そう首を傾げたアストレイアに、イオスは首を振った。

「いや、踊るんだよ」

そして言葉の直後、笛の音が響き渡った。

すると酒をあおっていた人々のうち数人は立ち上がり、部屋の広い場所へと移動し始めた。

そして音楽が始まるとともに、楽団の踊り手たちと一緒に踊り始めた。独特な音楽だが、リズムは明るく、気分は高揚していくようだった。

そのうちノリよく手拍子していた人々も踊りの輪に加わり、さらに輪の中から観衆を煽《あお》って和を広げていく。

その楽し気な様子にアストレイアも思わず手拍子に加わった。

だからすぐ近くに人が近づいていたことにも気付かなかった。

「お嬢さん、お嬢さんも加わりません？」

「っひゃ!?」

完全に踊りのほうに見入っていたアストレイアは、突然のモルガの声に驚いて高い声を上げた。

振り返った先で見たモルガはすでに多量の酒を飲んだ様子で、表情がだいぶ崩れていた。

「こんなときじゃなきゃ踊る機会もありませんし、一曲いかがですか！」

「や、あの、わからないし、その」

「なに、あそこで踊ってる連中は全部踊りの嗜《たしな》みなんてない奴らばっかで好きに動いてるだけですって！」

「……モルガ。彼女は病み上がりだ」

完全に酔っぱらっているモルガを制するように、イオスが口を挟んだが、すでにアストレイアの腕はモルガによって引っ張られ、身体はソファから離れていた。

「ちょ、ちょっと！」

「大丈夫ですって！　こけたら俺が抱き留めておきますから！」

「「なっ」」

しかし走るモルガに抗議する暇もなく、アストレイアはあっという間に踊りの輪の中に加えられてしまった。

そして、それと同時に音楽が一瞬止まった。

しかしその静寂はすぐに打ち破られ、辺りには大きな歓声が沸きあがった。

「よ、待ってました！」

「魔女の嬢ちゃん、今回はありがとなぁ‼」

「飲め、食え、踊れー‼　主役のお出ましだぁ‼」

この部屋の中の全員から注目され、大きな手拍子が鳴りやまない。

（やられたっ……!!）

こんなに恥ずかしいのは何百年ぶりだ。

そうわなわなと震えるも、このまま元の席に戻ってしまってはこの場の雰囲気を台無しにすることは目に見えている。そうなれば――座を降りられないのであれば、もう踊るしか道はない。

（踊りは自由、なのよ、ね……）

それならばアストレイアが知っている踊りを、何とか音楽に合わせて踊るしかないだろう。自身が即興で振付をするより、そのほうがきっと見栄えもするはずだ。

（それに、失敗したって、誰もわからないはずだし……！）

アストレイアが踊ったのは、剣舞の巫女《みこ》の舞だった。

アストレイアには剣術の心得はないし、舞いの記憶もずいぶん古いものというだけあっておぼろげだが、それでもかつての友人――今、アストレイアの青いペンダントになってしまっている魔女と共に、武運を祈る舞として懸命に稽古《けいこ》したものだ。

（ここの皆に、これからもご武運がありますように――）

そう祈れば、アストレイアの目つきも変わった。

しかしその舞があまりに観衆の視線を独占してしまったためか、舞い終わったと同時に周囲からはアストレイアが登場したとき以上の歓声が沸きあがった。

そして、求められるアンコール。

そうなると、アストレイアは次も舞わざるを得なくなり――結果、そのまま三曲連続で舞い続けた。

「……さすがに、疲れたかも」

四曲目に入る前に楽団が曲を切り替えてくれたおかげで、アストレイアは無事に元の席にもどることに成功した。

「これ、水だよ」

「ありがとう」

イオスから差し出された水をアストレイアは一気に飲み干し、喉を潤わせた。

「びっくりしたよ。舞踊、得意だったんだ」

「得意じゃないけど……あそこで座を降りるの、無理だったでしょ」

「ごめんごめん、止めればよかったね」

少し口をとがらせたアストレイアにイオスは軽く謝罪をしたが、あまり悪いとは思っていない様子であった。

(……まあ、イオスはむしろ止めてくれようとしていたし)

そう思えば、なかなか言及することもできはしない。そう、原因があるとすれば――モルガだ。

「いやぁ、お疲れ様でした、お嬢さん！　本当に盛り上がった！　最高の余興でしたね！」

大喜びのモルガの足を踏んづけてやろうかと、アストレイアは反射的に思ってしまった。ただ、この酔っぱらいの足を踏んだところで、一体どこまで状況を理解してくれるのかは定かではないのだが。

「……ご飯、ゆっくりと食べたかったのに」

「それは失礼、今から美味しそうなものをとってきますよ」

「ここにもたくさんあるから結構よ。いっぱい食べるから、邪魔しないでね」

「はい！」

返事だけは一人前なのだなと思いつつ、アストレイアは再びグラスを手に取った。先ほど水をもらったばかりであるが、まだまだ喉は渇いている。

しかし手にしたグラスを一気に傾け、喉に流し込めば思わず目を見開いてしまった。

勢いよく口に含んだのは、水ではない。もっと刺激のある飲料――間違いなく酒だった。

そしてそれはアストレイアが想像していたものより、ずっと濃い飲料だった。

意図していない衝撃に思わず咽《むせ》そうになったがそれを堪え、アストレイアはなんとか飲み込んだ。

「いい飲みっぷりですな！」

（こんの……酔っ払い‼　何で勝手にグラス変えるのよ‼）

囃《はや》し立てるモルガをアストレイアは口元を押さえたまま睨みつけた。思っていたより、酒というものは喉を焼くものだった。

「きみ、大丈夫？　それ、もしかして……」

「ええ、とっても美味しいお酒だったけど……一気飲みはよくないわね」

心の中で青筋を浮かべながらも、アストレイアはできるだけ穏便《おんびん》な言葉を選んだ。ただ、声色はそうはいかなかったが。さすがに飲んだ途端に調子が悪くなるとは思っていないが、喉も胸も熱くなっているような気がする。あと、人生初飲酒がコレは、少し嫌だ。

「えー、飲めるならもっと飲みましょうよ！　それでもっかい踊ってくださいよ」

「飲まないし踊らない！」

「じゃあどっちかだけでも！」

なにが『じゃあ』なんだ！　まったく関連していないではないか！

しかし酔っ払い特有のしつこさを見せるモルガはなおもアストレイアの手を引っ張ろうとしたのだが、そのときアストレイアの身体は後ろに引き戻された。

「イオス」

「ごめん、ちょっと我慢が足りなくて」

「我慢？」

苦笑しているイオスの言葉の意味は飲みこめない。

「立てる？」

「え？　ええ、それは」

差し出された手を反射的に取れば、すぐに軽く引っ張り上げられた。

「悪いんだけど、ちょっと付き合ってもらえるかな？」

「なんですか副隊長、主役がどこに逃げるんですー？　逃避行ですかー？」

相変わらず酔った調子のモルガを見たイオスは深い溜息をついた。

「酔っ払いに絡まれて大変だから、ちょっと避難させてもらうよ」

「へえ、大変ですねぇ。いってらっしゃい、お酒なくなるまでに帰ってきたほうがいいですよー？」

呂律《ろれつ》も怪しくなってきているモルガに対し、アストレイアは徐々に怒りが薄れていくのを感じた。むしろ心配になってきたという方が正しい気がする。

「ねえ、イオス。モルガは大丈夫なの？　完全に出来上がってるけど」

「……モルガに限って言えば本当に酔っているのかわからないよ。雰囲気で酔える上、本当に酔ったらすぐに寝てるから。たぶん、場に酔ってるだけだよ」

「……」

それはそれで心配になるのだが、本当に放置して大丈夫なのだろうか。

「まぁ、隊長もいるし」

「その隊長さん、大酒かっ食らってたように見えたけど」

「……ほかにもまだ潰れてない人間も多いし、モルガなら本当に寝ちゃってもたぶん大丈夫だよ。ほら、なんとかは風邪ひかないっていうし、みんな大人だから問題ないよ」

イオスはそう言いながら、歩みを止めることはしなかった。

そしてイオスに連れられて登ったのは、砦の三階にある広いバルコニーだった。

「昼間のところほど高くないけど、まぁ、夜景くらいは見える。これ、水。酔いは大丈夫？」

「ありがとう」

宴席から持ちだしていたらしい水で口直しをしながら、アストレイアは前のめりで手すりにもたれかかった。

「綺麗ね」

「ついでに、上空も見てみるといいよ」

「え？」

「今日はちょうど新月だし。森だと、木の陰であんまり見えなかっただろうから」

イオスの言葉にアストレイアは首を上向けた。

空には多数の星が輝いていた。

「綺麗」

「せっかくここに来てくれているんだし、森では見れないもの、見ておかないと損だろう？」

そのイオスの言葉に、アストレイアは一つ思い出したことがある。

そうだ、ここに来るきっかけとなった、あのお守りは――確か――。

「ねぇ、イオス。凄く……凄く言いにくいことなのだけど、いいかしら？」

「うん？　どうかした？」

「あなたの持っているお守り、たぶん刺繍されている文字、間違ってるわよ」

「……え？」

「だから。あなたが持ってるお守りよ。それだと何のご利益もなさそうよ」

そんなアストレイアの指摘に、イオスは何度か目を瞬かせた。

「えっと……それだけ？」

「他に、何か？」

アストレイアが首を傾げると、イオスは肩を揺らして笑い始めた。

そしてそれは徐々に大きくなり、やがて膝までついてしまうのだからアストレイアは驚いた。

「ちょっと、イオス？」

酒を飲んだわけでもないだろうに、何故《なぜ》ここまで笑うのか。そう戸惑うアストレイアを前にイオスはひとしきり笑い終えると、やがてゆっくりと立ち上がった。

「ずいぶん改まった様子だったから、びっくりしたのに。それだけ、かぁ」

「もう、なんなのよ」

「いや、ごめん。なんか、ちょっと期待しすぎた」

なんの期待だ。そうアストレイアが眉を寄せると、イオスは軽く謝罪した。

「ほんとごめんって。でも、きみは正しい文字を知ってるんだね」

「ええ。そうじゃないと指摘できないわ」

「じゃあ、教えてよ。いや、やっぱり……そうだね——その、指輪のお礼で、修整お願いできないかな？」

その申し出に、今度はアストレイアが面食らってしまった。

「修整って……私が刺すの？」

「ダメかな？」

「文字はわかるけど、私、刺繍は……。他に頼んだほうがいいんじゃない？」

「大丈夫。それに、俺の方が多分下手だよ」

「指輪にふさわしい対価になると思わないわ」

「俺は思うからいいんだ」

「でも」

「それとも、やりたくない？　もしくは……俺がお礼をねだるのは、やっぱりちょっとはしたないことかな？」

「そ、そんなことは、思ってないけど……!!」

やりたいか、やりたくないかの二択で問われればやりたくない。ただ、理由はイオスがどう思おうともアストレイアの中では指輪の対価になり得ないからというだけだ。

だが、改めて考えてみれば他にイオスが喜ぶことを、今の自分ができるだろうか……？

「……本当に、そんなことでいいの？」

「引き受けてくれるなら『そんなこと』じゃなくて、それがいい」

「それなら……わかったわ」

アストレイアの言葉に、イオスははにかんだような笑顔を見せた。

その顔をみたアストレイアは思わず顔を背け、そのまま星を見上げるような真似をした。

実際には星など目に入ってこないのだが、なんだか直視ができなかった。

（でも……私が、刺繍か。できるまで、もう少しだけ……ここにいなきゃ、だよね）

滞在理由ができほっとしていることに、アストレイアは気付いていた。いつ、ここを去るかという問題から逃げ出し、解決を先送りにしただけだということはわかっている。

けれど、やっぱりもう少しだけここにいたい——。

「明日、糸と針、買いに行こうか」

「そうね。あと……一発本番は怖いから、練習用の布も欲しいかな」

「わかった、一緒に買っておこう。ついでに、また美味しい食事でも食べて帰ることにしようか」

「それは名案ね」

そう、笑い合ったときだった。

パタパタと軽い足音が、徐々に二人の側へと近づいてきた。

それは大人のものではない軽やかなもので、子供がいるような所ではないこの場には少し不釣り合いなものだった。

やがて現れた人影はやはり背の低い子供だった。

「こんばんは、イオス副隊長に魔女のお姉さん」

そうして現れた子供は、とても無邪気な表情をしていた。

第五話 流れない血が流れていること

おそらく十歳前後だろう少年は、にこりと笑顔を浮かべていた。

「テナン？　どうしたんだ、こんなところで」

「この子、イオスの知り合いなの？」

「ああ。……今日、俺たちが祈った仲間の忘れ形見《がたみ》だ」

それを聞いて、アストレイアは茶の用意をしてくれた女性を思いだした。テナンと呼ばれた少年はあのときの女性と同じ、とても優しい面立ちをしていた。

「お姉さん、凄く踊りが上手で、驚いた。戦いも強いし、すごいね」

「あ、ありがとう」

しかしあくまでも楽し気な笑みを浮かべているテナンに、アストレイアは違和感を覚えた。テナンは、悲しい心を押し殺して明るく振る舞う子供なのかもしれない。しかし、その表情があまりにも自然すぎた。

（ただ……現実を受け入れられない、そんな気持ちがあれば……。私にも、覚えがあるもの）

自分が軍に身を置いたのも、テナンと同じくらいの年だった。だから、彼の様子に関しては強く疑念を持ったわけではない。

ただ、それでも彼がここにいることは不自然だと感じざるを得なかった。ここは砦の三階で、鎮魂祭に遺族の参列があったとしても一般人が勝手に立ち入るような場所ではない。

「テナン、どうしてここにきたんだ？」

「副隊長とお姉さんの姿が見えたから、追いかけてきたんだ」

イオスの問いに答えながら、テナンはアストレイアたちの方に近づいてきた。

同時にアストレイアは近づいてくるテナンと視線を合わせるために両膝をついた。テナンはそんなアストレイアを見て、笑みを見せた。

「ねえ、お姉さん」

「どうしたの？」

途端、テナンはアストレイアに向かって飛び込むように走ってきた。アストレイアも反射的にテナンを受け止めるため、両手を広げた。

そして、軽い衝撃と共にテナンに抱き付かれた——そう思った瞬間、腹に鋭い衝撃を受け、大きく目を見開いた。

声は出なかった。

「お姉さん、どうして……どうして、お父さんが死ぬ前に、倒してくれなかったの？」

「……っ」

「ねえ、どうして？」

腹をえぐられる感覚に、アストレイアはテナンを突き飛ばした。

そしてそのままテナンが起き上がるまでの間に馬乗りになり、押さえつけた。

「きみ、その腹……ナイフ⁉」

「ちょっとだけ、待って‼」

決して灯りが充分とは言えない場所でも、イオスはあっという間に状況を把握したらしい。

しかしイオスがテナンに近づくことを、アストレイアは認めることができなかった。

（……この子、キマイラの魔力にあてられてる‼）

どうしてもっと早く気付けなかった——そう、アストレイアは内心舌打ちをした。

キマイラの毒は、身体を侵す毒が基本だが、精神に異常を来《きた》すこともある——幼く多感な子供であればなおさらだ。

（父親の亡骸《なきがら》の、火傷にさわって移った、の、かな）

それなら手から毒に侵されているのではないかとアストレイアはテナンの腕を押さえようとしたが、暴れる腕は掴めない。

「……ごめん」

目を細めたアストレイアは一言告げると、遠慮なくテナンの腹に拳を落とした。動きは止まった。

「すぐ、治すからね」

アストレイアはテナンの左右の手を見た。右手に異常は見られなかったが、左手は小指の付け根付近から手首にかけて、赤黒い痣《あざ》のようなものができていた。

（あった）

アストレイアは両手でその痣に触れ、力を込めた。

この痣を消せば、テナンの毒は取り除ける。

アストレイアも自身の体内に毒を摂りこめば、再び体調が悪くなるだろうことは予想できた。だいぶ回復しているとはいえ、魔力も全快というわけではない。しかしそれでも、テナンを治療するだけの力は戻っている。

（調子を崩したって、私は死なないもの。なら、この子の方が優先されるべきでしょう……！）

少年の心の痛みは、引き受けることができない。

けれど、少年を蝕む毒なら引き受けられる。アストレイアにできる、最大限のことはこれだけだ。

指先からキマイラの毒と焼けただれるような痛みを引き受けると、代わりに大量の魔力が自分の中から失われていく。息も自然と荒くなる。

（だめだ、もっと集中……集中しなきゃいけないのに）

集中しろ、集中しろと自分に唱えつつも、アストレイアは集中できない理由を理解していた。

（よりによってイオスの前、か）

できれば、彼の前だけは避けたかったな、と、そう思えばより息が詰まる思いがした。

やがてテナンの痣が消え、アストレイアはテナンの上から退き、半ば倒れるように座り込んだ。

倒れ込んでしまわなかったのは、背中に感じる感触の――イオスのおかげだろう。

「この事故は、キマイラ、の、後遺症、よ。その子は、悪く、ない。治したから、もう平気」

「話はあとで、まずは医務室に……！」

途切れ途切れの声で告げるアストレイアに、イオスは声を荒げた。

しかし、アストレイアは身体をよじってそれを制した。

「医務室は、いらない。人は、呼ばないで」

「だが、腹に」

「大丈夫、私は、大丈夫だから」

痛みはひどい。

ナイフが突き刺さっていては不死の力が身体を修復するそばから破壊を繰り返し、恐ろしい激痛が繰り返される。まずは、このナイフを抜き取らなければ話にならないだろう。

舌を噛まないよう、アストレイアは自らの服の袖を噛み、一気に腹からナイフを抜き取った。そしてナイフを投げ飛ばし、深く息をついた。

（……これじゃ、お礼もできなくなっちゃったかな）

そう思うと、急に悪寒が背中を駆けめぐった。

終わる、ばれる、どう思われる？

諦めて、仕方がないと思っていたはずなのに、急にアストレイアの中に恐怖心が芽生えた。闇に覆われる、塗り潰される。そんな思いが急激に湧きあがった。

「止血する、手をどけろッ」

「だからいらな……ッ、どい、て！」

邪魔をするな、見るな、あっちに行って――アストレイアはそんなごちゃまぜの感情をそのままイオスにぶつけた。しかし、イオスもひるまなかった。イオスはアストレイアの正面に回り込み、その腕をどけ――そして、目を見開いて固まった。

その表情を見たアストレイアは、顔を伏せた。

（……ばれちゃった、か）

衣装は淡い色をしている。血の跡が残らないわけがない。

しかし、既にアストレイアの衣装には一滴たりとも血の跡は見当たらない。イオスは振り返ってナイフを見たようだった。ナイフからはすでに血が消えていることを、アストレイアは気付いていた。

本来ならそこにある血は、身体の修復と同時に、体内へと既に戻っているのだから。

（本当に、解けない呪いでしかないわよね）

そして自嘲《じちょう》気味にアストレイアは小さく笑ってしまった。

葛藤していたつもりだったのに、先ほどまでは暴れてでも事実に気付かれたくなかったのに、見つかってしまった後に湧いてくる感情は酷くあっさりしたものだった。やっちゃったなぁ、失敗しちゃったなぁ。そんな乾いた感情が巡るばかりで、どこか自分を外側からみているような、不思議な感覚だった。

ただ、それでもイオスがどんな顔をしているのか、確認することはできなかった。

「これ……は………」

「ね、大丈夫、でしょ。もう少し休めば、元通りになるから」

治癒を行ったことから、力はあまり入らない。

それでも、腹部の痛みはほぼ引いていた。

イオスはなにも問わない。しかし、それは声のかけ方に戸惑っているからのようにも感じた。

だから、アストレイアは顔を上げないまま、未だ目を覚まさないテナンを指さした。

「その子を、安静にできる場所へ。たぶん、その子、今のことは覚えてないから。何も言わないであげて。悲しい心に、食われただけだから」

「……わかった。きみは、立てる？」

「立てる。だから、あなたはその子をお願い」

早く、イオスにはこの場から立ち去ってほしい。

そう、アストレイアは強く願った。

すでに視界がぼやけていて、このままだと格好の悪いところをさらしてしまうかもしれない。せめて、格好が悪いところは見せたくない。だから早く、テナンを連れてどこかに行って――。

しかし、そんなアストレイアの願いはイオスには届かなかった。イオスはテナンを抱え上げるも、なかなか側を動かない。

「……すぐに、戻るから。ちょっとだけ、待っていてくれる？」

「……」

「待ってて、くれる？」

返答しないアストレイアに、イオスは重ねて尋ねる。

しかしアストレイアには答えなんてない。待っていて、なにになるのか。

気味が悪いと思われなければいけないのか、それを聞かねばならないのか。

そう思えば、このまま逃げ去りたいと思ってしまった。

とても居心地がいいとはいえない沈黙があたりを支配した。

「なぁ、何か言ってくれ」

「……っ」

いいたいことがいえるなら、とうに言っている——！

そう、アストレイアが唇を噛んだとき、遠くから何とも陽気な鼻歌が聞こえてきた。

「あー、ふっくちょー！　見つけました！　隊長が主役は戻ってこいー！　って言ってますよ！」

それはモルガの声だった。

イオスはモルガのほうを振り返ると、駆け寄って彼にテナンを押しつけた。

「テナンがそこで寝ていた。保護は任せる。医務室にでも連れていって寝かしてやってくれ」

「え？　え？　こんなところで寝てたんです？」

「あと、彼女が調子を崩した。部屋まで送ってくる」

そんな声が聞こえたので、アストレイアは足に力を入れて立ち上がった。

「私は大丈夫、だから。放っておいてくれて、かまわないわ」

アストレイアは二人にそう告げて立ち去ろうとしたのが、身体は言うことをきかず、動作は鈍《にぶ》かった。

「え、お嬢さん、本当に調子が悪そうだけど、大丈夫か……？」

「彼女は大丈夫って言うけど、無理はよくないから。隊長にも言っておいてくれ」

アストレイアの言葉を受け入れなかったイオスはそのままアストレイアを抱きあげた。アストレイアが身をよじって逃げようとしても、今までにない強さでびくともしなかったが、アストレイアは抵抗を続けた。

しかし、滞在している部屋に到着するまでにアストレイアが逃げることは敵わなかった。

部屋に入ったイオスはベッドまで一直線に進み、アストレイアをその上におろした。

「さっき、ナイフは拾っておいたから。あの子の立場が悪くなることはないと思う」

「……」

「ただ、念のために経過観察はしておくよ。心のケアも、必要だから」

（今、本当に言いたいことは、そんなことではないでしょう）

イオスがアストレイアを安心させるためにそう言っているのは、アストレイアにもわかる。

しかし、彼が問いたいことはそんな話ではないはずだ。

そう覚悟するアストレイアに向かってイオスは落ち着いた声で言葉を紡《つむ》いだ。

「……きみは奇跡の力が使える魔女だったんだね」

それは、アストレイアの想定外の言葉であった。

「時を巻き戻すように人を治癒することができる魔女が、いにしえにはいたと聞いたことがある。

きみほどの魔女だ、そんな奇跡の力を持っていても、不思議じゃない」

アストレイアが行使したのはそのような術ではない。相手の怪我を割り増しで自分自身に受け入れているだけだ。時を戻すような、などという奇跡の術ではなく、不死だからこそ行えている禁術でしかない。

(でも、そんなこと……どうやって説明しろっていうの……?)

アストレイアにとってイオスの勘違いは都合がいいものだ。それを自ら否定し、普通の人間ではないことを伝えるなど、躊躇われる。

「ずっと、不思議には思ってたんだ。俺の怪我も、モルガとエルバの怪我も……奇跡を行使して、助けてくれてた……?」

「……」

「どうしてきみが森の中で生活していたのか、わからなかったんだ。でも、それだけ特異な力だ、よからぬ輩《やから》が近づいても、おかしくない。だから身を危険から遠ざけるために、森にいたんだね」

「……」

勘違いされていることがアストレイアには嬉しく、同時に悲しかった。

気持ち悪いと思われなかったことは、心の底から安堵している。

しかし否定ができないのと同じように、肯定して嘘をつくこともできなかった。

(たぶん私、さっき、少しだけど気付かれたと思って安堵もしていたわ。だって、これでもう悩まなくて済むって思ったんだもの——)

自分が考えなければいけないことから、逃げようとした。

今なお態度を決めかねる自分に腹が立って、悔しくなった。

そんなアストレイアの横でイオスは床に膝をつき、無言を貫くアストレイアを見上げ、静かに言葉を待っていた。

それからどれくらいの時が流れただろうか。

やがてゆっくりと口を開いたのは、イオスのほうだった。

「もし、きみさえよければ……この街に移住してしまうのは、どうだろう?」

「え……?」

「街で家も借りれるし、困ることがあるなら、俺も協力もできるし。一応、口は固いつもりだし」

イオスの言葉を聞き、アストレイアは唇を噛み、指先に力を込めて強く握った。

自身の持つ力が本当にイオスが思うような力であれば、喜んで彼の手を取ったことだろう。

しかし、そうではない。

「ここには、俺もいるから。俺じゃ、頼りに……ならないかな?」

最後は少しおどけた様子で言うイオスに、アストレイアは首を振った。

頼りにならないんじゃない。頼れない理由があるだけだ。

「……少し、疲れたよね。ちょっと、テナンの様子を見てくるから、ゆっくり休んでて」

最後にアストレイアの髪を撫でたイオスは、部屋を出る前に「おやすみ」と一言添えてドアを閉めた。

遠ざかる足音を聞きながら、アストレイアはゆっくりと顔を上げた。

「……ほんと、甘やかされてるなぁ」

その声は少し掠《かす》れていたが、自身の耳にはしっかりと届いた。

イオスは、とても穏やかで、ありのままを個性として受け止めるんだと改めて認識した。彼の勘違いではあるが、治癒の力を持つと認識した上でもイオス自身が特別視した様子はない。

（……イオスなら、もしかすると不老不死だって個性の一つだと受け入れてくれるかもしれない。でも……覚悟がないままじゃ、いつか私は……絶対に後悔する）

そしてそれは長々と続ければ続けるほど、今以上に幸せな時間から抜け出すことも難しくなるだろう。

アストレイアは拳を握った。

（私が本当に望む状況を得るためには、不死の呪いを解くしかない）

かつてはその方法を探し、世界各地を渡り歩いたことがある。しかし不死を求める探究者の記述ばかりで、不死になった者の記録など一切出てこなかった。もちろん、不死を解いた者の話も何一つ得られなかった。

そしてついに探すのを諦めたのは、一人で絶望を重ね続けるのが辛くなったからだ。

そのまま森に入ったのは、かつて救ったはずの人々からは気味悪がられ、仲間は年を重ねていくのに、一人だけ時間に取り残され、その解決方法はみつからない……そんな状況を直視したくなかったからだ。

(今でも不死になった人間の記録がなければ、解く方法なんてみつからないかもしれない)

ただ……一つだけ、可能性を考えながらも、アストレイアには確認できていないことがある。

「……私が不老不死になったきっかけの、あの儀式が再現できるなら……手掛かりを得られるかもしれない」

その唯一の手掛かりとなり得る儀式を、アストレイアは試みたことはある。

それは森に入ってからも、幾夜も試み、失敗を重ね、未だに一度も成功していない回復魔術以上の古代の禁術だ。

(もう一度、試してみる……?)

唯一の可能性を感じていながらも、成功したことのない儀式。それを諦めたのは、成功する兆《きざ》しがまったく見られなかったからだ。

大きな水鏡に魔法陣を描き、術を行使し、しかしまったく反応しない水面に何度心を砕かれたかはわからない。

それでも今は、もう一度だけ試してみたい。

(もう二度とやらないって、泣いたこともあるけれど……ここにいたいと思うなら、それ以外に今の私ができることって、ないよ、ね)

アストレイアは決意を固めるとゆっくりと立ち上がった。

膝が笑っている自覚はある。それでもじっとしてはいられなかった。一刻も早く、そして一度でも多く儀式を執《と》り行いたいと、そう願った。

（儀式に必要なのは、空をよく映す大きな水鏡……確か、南方に泉があったはずだわ）
アストレイアは窓枠に足をかけると、ゆっくりと目を閉じて風に呼びかけた。
ビリビリと酷く身体が痛むが、心の痛みに比べたら耐えられない痛みではない。
そして目を見開いたと同時、アストレイアはその場から飛び立った。

第六話　魔女が憧れていた世界

今から約四百年前のことである。

帝国軍に攻め入れられた王国軍の状況は悪く、前線は危機的な状況だった。

王国軍は多くの兵を失い、王都にも冷たい風が吹き荒れていた。

そんなとき、王城で秘密裏に古代から禁術とされていた召喚の儀を行おうとしていた魔術師の一団が存在した。

召喚の儀は異界の神々と対面を果たすための儀式である。

ただし、召喚の儀の成功例はごくわずかだ。

そして『召喚すること』に成功しても、神々は人々に力を貸すことなく、逆に人知を超える力で術者の命を奪い、そのまま異界へ還《かえ》るという記録しか残っていない……つまりは、人々の望みを叶えたことはないとされていた。

それでも王国軍がその奇跡に頼ろうとしたのは、一筋の光にすがらざるを得なかったからだ。

そして、驚くべきことに召喚の儀は成功した。

呼び出されたのは白い鱗《うろこ》に覆われた竜だった。

息を飲む周囲に、白竜は状況を理解し、大笑いで人々に自らの血を授けたという。

――その血を飲み、なおも生きながらえることができるなら、その者は人を超える力をもつことになるだろう。ただし、耐えられぬ者は灰へと還るだろう。

竜はそれだけ言い残すなり、異界へ還ってしまった。

その後、多くの者が血を飲んだ。そして、多くの者が命を落とした。

竜の血も残りがわずかとなり、希望の灯《ともしび》が闇にかき消されそうになったとき、最後の一人が血を飲んだ。

（――それが、私）

アストレイアの持つ魔石の主であった友人も、竜の血によって命を落としている。

アストレイアより先に血を飲んだ友人は、最期にアストレイアに言葉を残した。

『私が国を平和にするから、そのときは祝杯を掲げましょう』と。

「……死ぬ方法を探すために召喚の儀を行使したい、って。あの子には言えないかな」

かつては人々を守るためにと行使され、そして友の命を奪う原因にもなった召喚の儀を、死ぬために執り行うことに対しては以前も今も、後ろめたい感情を抱いている。

けれど、手掛かりはもうそれしか残っていない。アストレイアは服の上から、友人の核である魔石を握り、小さく祈りを捧げた。

（勝手なお願いだということはわかってる。でも――どうか、見守って、ください）

ある程度砦の街から離れたところで、アストレイアは空から降りた。

ほとんど魔力が尽きかけている中、落下しても死なないとはいえ、召喚の儀を行使するためには最低限の魔力を残しておかなければいけない。

召喚の成功および失敗は魔力の量で決まるわけではない。さすがに魔力量がゼロであれば不可能だが、それだけで成否が決まるのであれば、竜の血により魔力が増大しているアストレイアが失敗するわけがないのだ。

（魔力は呼び出すための陣を水面に刻むことができればいいはず。失敗するのは、それ以外に原因があるはず……なのよ、ね）

白竜が呼ばれた儀式にアストレイアは臨場していなかったが、できるだけ当時を再現するように関係者から詳しく話は聞いていた。

しかし成功した当時は本当にただただ水面に魔法陣を描いただけだという。

それは文献を調べる限り、過去の神々を呼び出した例でも同じであった。

（もう、何百回、何千回と試したわ。……でも、未だ呼ぶことはできていない）

しかし失敗の原因がわからずとも、今のアストレイアには先に進むしか道がない。だから、今は泉へと向かうだけだ。

新月の森は眠るように静かで、真っ暗だった。それでも永い時を森の中で過ごしているアストレイアには道くらいなら見えている。幸いにも風の流れもあるため、道の様子はつかみやすかった。

ただし、何も問題がないわけではない。

特に深い闇は、心を不安なほうへとアストレイアを導いた。

（……本当に、今度こそ呼べるのか……な……。解決、できるのかな……？）

一歩一歩進むごとに不安は大きくなり、それを振り払うために歩調が早まり、そしていつしか駆けだした。体調の悪さから、速度は普段とは比べ物にならないほど遅い。しかし、それでも不安で塗り潰されてしまう前に、少しでも早く、召喚ができる泉へと辿りつきたかった。

そうして急ぐ道中で、アストレイアの耳には突如激しく葉の擦《こす》れる音が聞こえた。アストレイアは思わず歩みを止めた。まるで獣が道をかき分けて進むような音なのだが、獣にしては悠長な音にも聞こえた。

（何か、いるの？）

しかしよくよく聞けば、どうも野生動物が出すような音ではない。まさか、人がいる？ いや、こんな場所にいるわけもない――そんな思いを抱きながらも、アストレイアは念のために暗闇に近づいた。少なくとも相手の出す音を聞く限り、警戒心が高いような獣ではないし、魔物の気配も感じない。

そう思えばやはり人間の可能性が高い――などと思っていると、本当に低木の間から人影が姿を現し、アストレイアは思わず短い悲鳴を上げた。

「ひっ⁉」

「うわっ、そこに誰かいるのかい⁉」

アストレイアの声に反応したのは這《は》いつくばる初老の女性で、アストレイアのことははっきりと見えていない様子だった。灯りがないので、当然といえば当然かと思いつつ、アストレイアもまた驚きで早まった心臓を落ち着かせながらゆっくりと返事をした。

「いますよ」

「なんだい、こんな暗いところに……あんた、大丈夫なのかい？」

途端に返ってくる言葉に、アストレイアは苦笑した。こんな暗いところというのはお互い様だ。

しかも、あなたは地面で何を……そう思い、アストレイアは気が付いた。

「……あの、あなたは足を怪我しているんですか？」

「ああ、ちょっとくじいてね。右足が痛むんだよ」

老女は半分笑うように言うが、笑い事ではない。こんな時間に、こんな場所だ。

「……手、貸しましょうか。左足は平気ですよね」

「いいのかい？　だが、こんなに暗い時間だ。あんたも急いで帰らなきゃいけないだろう」

「いえ、急ぎの用はございませんので」

本当はもちろんとても急いでいる。

しかしこの場所に怪我をした老女を一人放置することもできなかった。

「そうかい？　悪いね」

老女も他に方法はなかったのだろう、一旦は窺う素振りをみせたものの、すぐにアストレイアの申し出を受け入れた。

「お住まいは砦のほうですか？」

「いや、反対方向だよ。ここからそう遠くはない。そこに、じいさんと住んでるんだよ」

「反対？」

「森の中での二人暮らしさ。なかなかいいもんだよ」

それなら目的地と同じ方向なので都合はいいが、珍しいところに住んでる人もいたものだとアストレイアは驚いた。

ここを抜けても次の村までは相当距離があり、砦からこの場所までのほうが近いくらいだが、それは比べればの話であり、買い物一つでも苦労するのは明らかだ。自分のような生活感のない生活を送るならまだしも、普通の人間であれば面倒なことのほうが多いはずだ。

しかし老女もアストレイアが感じることを読み取ったらしかった。

「なぁに、どこだって住めば都だよ。それより、肩を貸してくれ……って、あんた、思ったより背が高いんだね」

「……あの、おぶりましょうか？」

「そうかい？　悪いねぇ」

先ほどとは違い、あまり悪いとは思っていなさそうな老女の声に、アストレイアは乾いた笑みを漏らしてしまった。おかしい、先ほどまで自分は一生を左右する決断に迫られていたはずなのに、どうして老女をおぶる状況になっているのだろう。

（……でも、やっぱり置いてはいけないわよね）

自分の未来を左右することではあったが、老女のような緊急事態に陥《おちい》ったわけではない。老女には足の治療だって必要だ。

（……送り届けるくらい、遠回りでもないか）

ただ、少しだけ思っていたより老女が重かったのは計算外だ。

小柄に見えていたが、人間はこのような重みを感じさせるのだろうか。

（……でも、まずいわ。このおばあさんでこの重さなら……イオスも私のこと、相当重いって思ったんじゃないかしら）

とんでもないことに気付いてしまい、アストレイアは頭を抱えたくなったが、老女の身体を両腕で支えている今、そんな動作はできやしない。恥ずかしさだけに気を取られていたが、とんでもないことを見落としていた。

「さて、頼んだよ。なに、そう遠くはないさ。年寄りでも歩いてこれる程度の距離だからね」

アストレイアの落ち込みなど知らない老女は、さっそく案内を始めていた。

アストレイアも一度頭を切り替えると、老女の言葉を信じてゆっくりと、しかし確実に一歩一歩前に進んだ。

やがて老女の家が見えた頃、アストレイアの息はかなり上がっていた。老女の『そう遠くはない』は決して近くはなかったが、これならやはり老女一人では帰宅は辛いものだっただろう。

（やっぱり、放っていかなくてよかった）

しかし、だ。

「あんたもこんな時間だ、今日は泊まっていったらどうだい。飯くらいは用意できるよ」

「……」

老女の誘いにアストレイアがすぐに返事をしなかったのは、先を急いでいるからではない。

単に息が切れて返事ができなかっただけだ。もはや、動くのも億劫なほど疲れている。

「なんだい、だらしがないねぇ。ほら、もうすぐそこだから！」

軽い調子で奮起を促されているが、完全にペースは老女に握られている。

おかしい。助けたつもりが、こき使われている気がしてくる。

（それに若いっていったって、どう考えてもあなたのほうが若いわよ……！）

こちとら四百歳をこえているのだが、これ、いかに。

（人生経験の差、なら、私も大概波乱のある生活をおくってきたと思うけど……）

引きこもって一人でいては、まったく成長していなかったということだろうか。

そもそも成長する必要も、成長する意味も考えたことなどなかったのだが……。

老女の家はアストレイアの住まいよりは少し立派であったが、それでも山小屋だった。

家の外には小さな畑があり、その側の小屋にはロバの姿が見受けられる。

アストレイアは老女をおぶったまま扉の前に立ったのだが、両手がふさがっていたので、体勢を変え、老女にドアを開けてもらった。

ドアを開けると同時に、老女は大きな声を発した。

「ただいま、帰ったよ！　遅くなって悪かったね」

「ああ、よかった、心配していたんだ！」

老女の声に、すぐさま彼女と同じくらいの年の男性の声が返ってきた。

男性は手に灯りと杖を持っていた。

「あまりに遅いから、探しにいこうかと思っていたところなんだ」

その声は安堵に満ちていたが、老女は溜息をついていた。

「よしとくれ、怪我してるあんたが森に入ったら、また探しに行かなくちゃいけなくなるからね！」

「そこは、素直に謝ったほうがいいんじゃ……」

「小娘がなんだい、あの人は足が悪いんだ。それよりアンタ、予備の杖を貸しておくれ。ちょっと怪我をしちまってね」

老女の言葉に、男性は慌てて自分の使っていた杖を差しだした。受け取った老女はアストレイアの背から降りた。

「アンタ、その子が座れるように椅子の上の荷物、どけてやってくれないか？　ここまでずっとおぶってきてくれたんだ」

「なんと、まぁ。お客さんは、神様かい？」

「いえ、通りすがりです」

神様であったなら、もう少し格好のよい登場もできただろうが、あいにくただの魔力切れ直前の魔女である。そう真面目に答えたアストレイアを、老女は笑い飛ばした。

「しっかしよくもまぁ、あんなところを通りすがってくれたもんだよ。獣じゃなけりゃ盗賊か山賊くらいしか通らないって思ってたよ」

「それにしては、あっさり信用してくれてましたよね。普通、賊だと疑ってる相手の背中に、乗りますか？」

「だってさ、賊の類《たぐい》にしちゃぁ、間抜けそうだっただろう？」

……この人は恩人に何ということを言うのだろう。

しかしそう思う気持ちとは裏腹に、アストレイアにはどうもその言葉を否定できなかった。

確かに間抜けかもしれない、という思いはある。もっと要領がよければこの場にもいなかったことだろう。しかし黙ったのはそれだけではなく、否定してもすぐに何か言われそうな気がしたということもある。なんとなく、この勢いには勝てる気がしない。

「人間、生命の危機にゃ敏感なんだよ。あんたも、そんなことはないかい？」

「……そうだった、かもしれません」

老女の言葉に、アストレイアは今度は控えめに同意した。確かにかつてはそうであったように思う。ただ、今はどうだろう。今もそのような危機感を持っていたのなら……戦場にいたときのような感覚を覚えていたなら、少年に腹を刺されることもなかっただろう。

（……普通の人間じゃないって、こういうことなのよ、ね）

しかし、そんなアストレイアの声を聞いた老女は更に呆れたような声を張り上げた。

「なんだい、小娘ならしゃきっとしな！　そんなんじゃ見えるものも見えなくなっちまうよ」

「や、確かにそうなんですけど……」

「しかし見えないといえば……あんた、こんな夜更けにどこに行こうとしてたんだい。この先にゃ村なんて相当遠いとこにしかないだろう？　ここらは道が見えなくなる時間に移動する場所じゃない」

「いえ、その、ちょっとそこまで。それより、あなたはどちらへ？」

「ああ、わたしゃちょっと山菜摘みに行ってたのさ。そうだ、今から山菜汁を作るけど、あんたも食べるかい？」

「食事、ですか？」

「食べるね？　たくさん食べて大丈夫だよ」

アストレイアが返事をするまえに老女は結論を出してしまった。

宴ではあまり食べることはできなかったが、空腹を感じているわけではない。しかし断る理由もなくアストレイアは苦笑しつつもありがたく申し出を受け入れることにした。

「それより先に、足の治療だけは行ってください」

「ああ、そういえばそうだね」

そう言うと老女は救急箱を手にとるとさっさと慣れた手つきで手当てを終え、台所に向かってしまった。

「すまないね、彼女はちょっと強引なんだ。でも、悪い人じゃないから」

「はい。なんとなく、わかります」

老女に代わり謝罪する男性に、アストレイアは苦笑した。すると男性も同じ表情をアストレイアに向けた。

「ここはね、私の体調が良くなる薬草が、近くに生えているんだ。だから、昔からここに住むって、彼女が言ってね。行商人が通るから、それで肉や穀物はわけてもらえるけど、生活は快適だとはいえないだろう？　私は街でいいと言っているのだけど、こちらのほうが体調がよくなるだろうと言って聞かなくてね」

「……まあ、住みたい場所って人それぞれですからね」

「はは、貴女《あなた》はなかなか柔軟そうなお嬢さんのようだ。それより、どうぞお掛けになってくださいな」

男性に促されてアストレイアは椅子に腰かけた。そして、ゆっくりと部屋の中を見回した。

「珍しいものでもあるのかい？」

「いえ……絵が多いな、と思ったんです」

「ああ、趣味なんだよ。全部私が描いているよ」

男性が描いたとされる絵は、ほとんどが風景画だ。しかしその中にも後ろ姿など、どこかに老女が描かれている。どれも、とても温かな雰囲気を持っていた。

「仲がよろしいんですね」

「ああ」

「羨ましいです」

アストレイアの言葉に、男性は目を細めた。

「お嬢さんにも、一緒にいたい人がいるんだね」

「へ？」

急な言葉に、アストレイアは目を丸くした。そんな文脈ではなかったはずだ。

しかし男性は面白そうに笑うばかりだった。

「聞けばわかるさ。その人は一緒じゃないのかい？　会いに行く途中なのかい？」

「え、あの」

にこにことしている男性の問いに、アストレイアは一瞬答えに詰まってしまった。

はい、いいえ。そのどちらかで話を終わらせられるのもアストレイアにはわかっていた。

しかし、口からでた言葉は異なっていた。

「会えるようになるために、まだやらなきゃいけないことがあるんです。でも、すごく難しいから、できるかわからなくて。挑戦はするって、決めてるんですけど、ちょっと不安でもあります」

この場だけの名も知らぬ相手だからこそ、言えたのかもしれないとアストレイアは思った。

そして、不安がっている場合ではないのにと自分自身に対して苦笑するアストレイアに、男性は首を傾げていた。

「それは、一緒に挑戦できないことなのかい？」

「え？」

「一人で不安なら、一緒にやればいいじゃないか。一緒にはできないことなのかい？」

「え、……あ、はい。一人でしか、挑戦できないことですね」

「なら、見守ってもらうのはだめなのか？」

ごくごく自然に、そして不思議そうに男性は疑問を口にした。

それはアストレイアには予想もしていなかったことで思わず目を丸くしてしまったが、できないということはわかっている。

召喚の儀を執り行いたいなど、不老不死の話からしなければいけなくなるのだから。

「こっそりと、やった方がいいと思うんです」

一緒にいたい。しかし、もしも失敗しても得体のしれない魔女として記憶されたくない。

呪いを解いてから堂々と姿を見せたいとは思うが、もしも、どうしてもだめなら……森を捨て、別の場所に住処を移せば、彼の前から姿を消すこともできるだろう。一緒にいられないなら、せめて記憶の中だけでも普通の人間として覚えていてほしい。

しかしアストレイアの返答に、男性は再び首を傾げた。

「でも、できるかわからないんだろう？　火事場の馬鹿力ってもんもあるんだよ。失敗したところを見せたくないのはわかるが、格好悪さを気にしていたら失敗することもあるもんだよ」

ひたすら続く男性の言葉に、アストレイアは少したじろいだ。そしてやはり適当に誤魔化すべきだったかと思い、乾いた笑みが浮かべてしまった。

（何も、知らないくせに）

知っていなくても当然だが、何も知らないにも拘らず持論で説教をされるということに対し、徐々に腹立たしさも感じてきた。老人は説教臭くなると過去に友人が口にしていたのを聞いたことがあるが、四百年が経ってもそうらしい。

このまま説教を続けられるなら、もう出ていってしまおうか――そうアストレイアが思ったとき、老人が肩をすくめた。

「まあ、若いなら仕方ない、私もそうだったからね」

その言葉に、アストレイアは眉根を寄せた。

「あなたも何かなさろうとしたのですか？」

半分は、どんな立派な経験からものを言おうとしているのだと、そんな反発する気持ちからの言葉だった。老人は苦笑していた。

「今思い出しても、馬鹿なものだが……私の妻は裕福な商家の出でね。しかし私は貧乏で……交際どころか会うことさえ猛反対されたことがあるんだよ」

「……」

「だから、私はいつか商売で成功し、彼女の実家と同じ舞台に立てたら認めてもらえる――ただ、そう信じ、地道に努力し、慣れない商売を頑張っていたつもりだったんだ」

「『つもりだった』？」

「……私の考えはまだまだ甘かったんだ。痺れを切らした彼女に、ある日突然ご両親の前に連れていかれたよ。それで『一年で稼ぎを五倍にしたら結婚を認めろ、できなければすっぱり別れて見合い相手と結婚する！』と宣言されてしまったよ」

まあ、あの老女なら言いそうだ。

ちらりとアストレイアは老女に目を向けると、彼女は機嫌良さそうに鍋をかき混ぜていた。

「彼女があぁ言ってくれなければ、私はそんな無茶な目標を持つこともなかったよ。ただ、無茶を飛び越えなければ叶わないことなら、それが道理だったんだ。だいぶ彼女の手も借りて、少し格好悪い思いもしたけど……一人で格好をつけようとしたままなら、今も私は一人だったよ」

そう満足そうに言いきった男性を見て、アストレイアは溜息をついた。

「……あなたは私に説教をしたいのではなくて、のろけたいだけだったんですか？」

「こんなところじゃ、昔話を聞いてくれる相手もいなくてね。たまには昔の思い出に浸りたいんだが、この話を彼女にするには、格好がつかなくてね」

「そうですね」

アストレイアの言葉に、老人は悪戯が見つかった子供のような表情を浮かべた。

アストレイアは思わず肩をすくめてしまった。

「ただ、本当に強い人間ならわからないが……私みたいな凡庸な人間だと、一人で物事を行うには限界がある――そう、思わされたよ。それに、」

「それに？」

「彼女は強いけどね。案外、さみしがり屋なんだ。一人で強いわけじゃない。内緒だよ」

そう、少し茶目っ気を交えて言う男性に、アストレイアは小さく笑った。

「奥様に言えば、怒られますよ」

「そうかもしれないね」

「それから……一つだけ、聞いてもいいですか？」

「なんだい？」

「もしも自分だけが、不老不死になったら……あなたは、どうなさいますか？」

今まで誰にもアストレイアはその問いかけをしたことはなかった。

男性は突然の問いに目を瞬かせたが、すぐにはにかんだ笑みを浮かべた。

「そうだなぁ……妻も不老不死になれる方法を探すかな。ずっと一緒にいられたら、幸せだ」

それは、本当に不老不死になるとは思っていないから、言える言葉かもしれない。

しかし余生も少ないだろう男性の、その、夢を見るような表情にアストレイアの心も少し穏やかになった。

「素敵ですね」

そう想える相手と巡り会えた——それは、とても素敵なことだ。

「まあ、不老不死はともあれ、妻より一日だけ長生きしたいと思ってるよ。置いて逝《い》ってしまうと、心配だからね」

「ご夫婦で、似てらっしゃるんですね。奥様も同じことを仰いそうです」

「はは、そうかい？　そう言ってもらえると、嬉しいよ」

今までも、もしも誰かに助けを求めていれば、違う何かが見えたかもしれない。

自分で思いつくことは森に入る前にすべてやり尽くした。自分の持てる魔力を使い、世界を歩き渡り、そして何も得られなかった。

しかし、もしかすると思いつきもしなかったことが、正解に繋がっていたのかもしれない。

(今まで失敗してた召喚も、今まで通りで……本当に成功するのか、わからない。それでも――)

イオスに話せば、もしかすると自分では思いつかなかった何かに気付き、召喚の儀を成功させることができるかもしれない。

おそらく世界一の長寿は自分だが、いたずらに長生きをしていただけで、思考を止めてしまっていた。見識が備わっているわけじゃない。

対するイオスはどうだろうか。今までもアストレイアには思いもつかないことばかりしてきていたではないか。

(……でも、そもそも……私、勢い任せでここまで来てしまってるのよね……)

まだ夜中なので気付かれてはいないと思うが、いないと知られれば心配させることだろう。

召喚の儀に失敗すればそのまま消えようと思っていたからこそ、すぐに出てきたのだが――相談したいと思えば、気付かれる前に一度帰らなければいけないのではないだろうか。

まだ相談自体には大きな不安を抱いている。

だが、今ならば言える気がする。勢いや雰囲気に飲まれているだけかもしれない。

それでも――イオスに拒否されることと同じくらい、彼のいない未来だって、怖いじゃないか。

「おまたせ、山菜汁できたよ」

「ああ、悪いね。ほら、お嬢さんも」

「あ……は、い」

「礼だ。小娘なら腹も空く年頃だろう、山盛りにしといたよ」

その言葉通り、アストレイアに手渡された汁は椀いっぱいまで入っていた。

すぐに帰ろうとしていたが、せっかく用意されたものを無下《むげ》にすることも躊躇われる。とにかく今は山菜汁を飲もう。それから、できるだけ早くここを発つことにしよう――。

そう頭を切り替えたアストレイアは口を付けた椀を一気に傾けたのだが、それを口に含んだ瞬間、目を見開いた。

山菜汁の味は、想像を絶する味だった。

拒絶する口内を必死に諌《いさ》め、そのまま喉に通すが、顔色は一瞬で悪くなっただろう。

「まっ……なっ、これ……」

「元気の元だよ」

「ちょ、にが、なに、こ……」

笑うことができるレベルを通りこして、死ぬほどマズイ。匂いと味も全く一致しなければ、舌はひりひりするし苦味は残るし、鼻から抜ける匂いも独特だ。思わず毒かと叫びたくなる味だった。

「あんた、私を運んで疲れてたんだろう？　これは刺激がある味だが、体力が回復するんだ。たんとお食べ。山菜もたくさん入れておいたよ」

「き、気力が奪われそうですけど……‼」

「それは気合いでなんとかしな！　なぁに、慣れれば癖にもなるさ！」

老女は笑うが、アストレイアにすれば無茶が過ぎる話である。これならば飲まなければよかったと心底後悔したが、ふと自身の心臓が熱くなってくることに気付いた。いや、正確には心臓ではない。

（違う。私の中の魔石が、熱くなってる……？）

急激に自分の魔力が回復してる――それに気付いたアストレイアは一度目を閉じて静かに決意を固めると、一気に山菜汁を飲み干した。

味は先ほどと変わらず、ひどくマズイ。喉が液体を押し戻そうとするくらいひどく涙も浮かぶが、それでも山菜汁によって少しでも魔力が取り戻せるのであれば、砦への帰路も大幅な時間短縮ができるだろう。

「お代わりいるかい？　まだまだあるよ」

「ぜ、ぜひ、お願い致します」

しかし、魔力が少し戻り始めて、一つ気付いたことがある。

（微弱だけど、付近に魔物の気配が、ある――？）

アストレイアは立ち上がった。

「どうしたんだい、お嬢さん」

「ちょっとだけ、散歩に行ってきます。私の分の山菜汁はちゃんと置いておいてくださいね？」

そう口にすると、詳しい説明を求める老女の声を振り切ってアストレイアはそのまま外へ駆け出した。

どうやら老女の言っていた体力回復も本当のことらしく、足の痺れも軽減されているし、彼女を背負ってだるくなっていた腕だってずいぶん軽くなっている。

アストレイアは現場へ駆けた。

暗闇の中、うごめく魔力――それが、決してよい存在でないことは明らかだ。

「それでも……キマイラじゃなくてアダンクで助かった、っていえるわね」

アダンクは湖の近くの洞窟を好む巨大なネズミ型の魔物である。見た目よりも俊敏《しゅんびん》で、長く鋭い爪は殺傷能力が高く、昔は武器作りにも使用されていた。

アダンクには若者を狙う性質があるので近辺に老夫婦がいても襲われなかったのだろうが、動き始めたのはアストレイアがいたからだろう。

「まあ、私を若者にカウントしてくれることには感謝を伝えなければいけないんだろうけど」

しかし今まで老夫婦が襲われていなかったとはいえ、いくらアダンクでも一度暴れはじめた以上は放置するのは危険である。

「さて、私もゆっくりしていられないから、始めましょうか」

そう言いながらアストレイアが身体に風を纏《まと》ったと同時、アダンクは飛び出した。

すぐさまアストレイアは後ろに飛び退《の》いたが、地面に足がつくと同時、今度は正面に飛び出した。

そしてアダンクを飛び越え、その背後を一度は取ったが、アダンクの動きも素早く再び状況は振りだしに戻る。

（ホントは節約したいんだけど……武器無しで魔力消耗ゼロで戦うのはちょっと厳しいかな！）

アストレイアはそう判断するとためらわずに右手を振り上げ、作り上げた氷の粒をアダンクに向けて放った。大したダメージにならないのは百も承知だが、ほんの少しでも時間に余裕ができる。

アダンクが少し怯んだ隙を突いたアストレイアは正面から勢いよく蹴りを放った。

直撃を食らったアダンクは派手に飛び、木に叩きつけられた。

しかし、これで何かが終わったというわけではない。

（アダンクはああ見えて打たれ強いからね！）

気絶をしてくれたのなら御《おん》の字だとアストレイアは思っていたが、残念ながらダメージを受けたアダンクは低く唸り声を上げ、威嚇《いかく》を露《あら》わにするだけだった。

しかしその威嚇はアストレイアにとって恐怖の対象ではない。それに、威嚇されようがされまいが、やることとは同じだ。

「まずは、刃物が必要かな」

そう言いながらアストレイアが精製したのは氷のサーベルだ。

本来得意とする戦闘形式からいえば遠距離のままとどめを刺したいところなのだが、あいにくアダンクは刃《やいば》を突き刺した程度で動きを止める魔獣ではない。まっ二つにすることが必要なのだ。

とはいえ、純粋な剣の力を試すわけではない。

「風の力もお借りしましょうか」

アストレイアは踏み込んでこようとしていたアダンクを強い風の力で押さえつけた。

一方アストレイアは自らが起こした風に乗り、アダンクに向かって飛びかかった。

そして首元をねらい、一気にそのサーベルを振り下ろした。

（よし、終わり……かな？）

想像より大幅に楽に戦闘が終わってしまった。

しかしそう思えたのは束の間で、アダンクの亡骸――になったはずのものから、まがまがしい気が発せられていることに気が付いた。突然のことに驚き、アストレイアはその場から飛び退いてサーベルを構えた。

そしてその『何か』とは、先ほどまでのアダンクの身体から『何か』が出てくるのを目にしてしまった。

「脱皮、っていえばいいのかな……？」

しかし脱皮というにしては、アダンクはあまりに大きくなり過ぎていた。これは少し想定外の事態に陥っている。

（私、あんまり斬撃強くないんだけどな……）

しかし斬撃が無理なら魔術があるし、巨大化してもアダンクには変わりないので、それほど苦戦はしないだろう――そう、油断をしかけたが、すぐさま気を引き締め直した。

『人間、生命の危機にゃ敏感なんだよ』

老女はそう言っていた。

キマイラのときのように『誰かが死ぬかもしれない』という状況もなく、自身は決して死なないアストレイアには、その危機感は未だ薄い。

（でも……人間に戻りたいなら、思い出せ。それに早く帰りたいなら、傷一つだって負うわけにはいかないのよ‼）

しっかりと見極めて、ただ、倒せ。

アストレイアはアダンクが振り上げた爪を氷の刃で受け止めた。巨大化したアダンクの爪は先ほどとは威力が違い、想像以上の衝撃だった。

砕けそうになる氷の剣に、より堅くなるよう力をそそぎ込む。ビシビシビシと氷がうなる。

(にしても、重い‼)

力比べでは、分が悪い。

アストレイアは魔術で風を巻き起こし、アダンクから距離をとる。

(さて、どう戦いましょうか)

そう考え、一度サーベルを構えなおしたその瞬間、眼前のアダンクの頭が宙に舞った。

「……へ？」

一瞬状況が把握できなくなったアストレイアは思わず動きを止めた。

そして……スローモーションで傾いていくアダンクの奥に、イオスが立っているのを目視し、目を見開いた。

夜目《やめ》の利くアストレイアと違い、本来イオスがこの暗闇で相手を認識することはできないはずだ。

しかし、イオスの胸元には赤い魔石が光っており、ぼんやりと彼の輪郭を映し出している。その光で彼もおぼろげながら周囲を見ることができるのだろう――そう予測すると同時、アダンクの身体は地に倒れ、大地からは土埃《つちぼこり》が舞い上がった。

「……イオス、あなた、どうしてここにいるの？」

付着した血を払い、剣を鞘に収めるイオスを見ながらアストレイアは呆然とつぶやいた。

心配させる前に戻ろう……という作戦は見事に砕け散ったのだが、もはやそれはどうでもいい。

確かに老女を背負って移動した時間と滞在していた時間を考えれば、行き先さえわかればラズールで追いつくことも可能だと思うのだが——どうしてここがわかったのか、まったくわからない。

(って、うわっ⁉)

イオスが近づいた——と思ったのだが、急に正面から抱きしめられてアストレイアは声も出すことができなかった。一方、イオスは明らかに安堵だとわかる溜息をついていた。

「ちょ、あの……！」

「心配した」

「ご、ごめん、ちょっと用事ができたから」

「用事って、まさかこの魔物？　討伐なら、一言声かけてよ、さっき倒れてたの、忘れたとか言わないよね」

「ご、ごめん、色々あって……でも、場所、どうして……」

「場所は魔石が教えてくれた。俺が持ってる魔石、前にきみが言っていた通り、きみのことを怖がってるのか、隙あらば反対のほうに行こうとするから」

(……怯えてるとは思ってたけど、魔石にそこまで強い意思があるなんて、知らなかった)

予想外のことに驚いてしまうが、しかし今、一番大事な話はそれではない。

「あの……ごめん、違うの、別に魔物の気配を感じて来たわけじゃなくて……でも、ありがとう。

助かった」

何から話せばいいのだろうか。

相談するために早く帰ろうと決めていたが、話の順番までは決めていない。そもそもその順番を決めてからイオスの前に出ていくつもりだったのだ。

ただ、それでも今すぐに言わなければいけないとアストレイアは思った。

後回しにすれば、また言えなくなってしまうかもしれない。

何を言えばいい？　でも――全部伝えるなら、順番など関係ない。

「ねぇ、イオス。私、イオスと一緒に生きたいの」

「え？」

「……え？」

今、私、何を言った？

アストレイアは考え、そして頭の中で自分の声を再生し――そして叫んだ。

「あああ、間違えた…………!!　ち、違うの!!」

「あ、うん、ちょ、落ち着こう、か……？」

「言い間違え、言い間違えだから!!　順番色々違ってるだけだから!!」

いくらなんでも順序を飛ばしすぎた……!!

森にアストレイアの叫び声と、そしてイオスの動揺する声が響き渡った。

閑話

一人の少女との出会い

俺が初めて彼女の家で目覚めたとき、ああ、俺は死んだんだ、と思ってしまった。

あの高さから落ちて無傷なわけがないのに、身体が軽い。

殆《ほとん》ど意識がない中でおぼろげに少女の姿を見た記憶もあり、天からの迎えがきてしまったのだと、当たり前のように思ってしまった。

しかしそうは思うものの、どうにも現実のこととして受け入れられず、慌てることもできなかった。ただ、自分が寝かされている場所から辺りを見れば、意外と死後の世界は殺風景らしいと思ったくらいだ。

なんだか不思議な感覚だなと思いながら起き上がれば、身体が少し痛みを訴え、そしてやけに乱雑に細布が自分の身体に巻かれているのが目に入った。どうも包帯のようにも見えるが、その布の下には細かい傷が多くあり、場所によっては少量だが乾いた血が付着していた。

そこに指を当て、それから心臓に手のひらを当て……

「……俺、生きてる？」

そんな疑問が口から零れた。それと同時に僅《わず》かに身体に痛みを感じる。

死んだ人間に鼓動があるのかどうかは知らないが、このように手当てをされ、なおかつ身体に痛みを感じるのであれば死んではいないようである。

そんなことを思ったとき、部屋の隅にいたラズールと目が合った。

ラズールは『やっと起きたか』と俺に言っているようだった。それでも不満げな声を上げないのは珍しい……そう思いながら部屋を見回せば、壁に背中を預けて立てた膝に頬を預けて眠っている、髪の長い人物が目に入った。

その人が手当てをしてくれたのは、考えなくてもわかった。

ラズールが鳴かなかったのも、その人を起こさないためだろう。俺はゆっくりとベッドから降りた。様子から見て、天からの遣いでもない、人間だ。

そして俺が近づいても起きなかったのは、肩幅から見ても女の子のようだった。

膝で半分顔が隠れているので、はっきりとした顔はわからないが、深い眠りからは相当疲れている様子が窺えた。

「人間……なんだよな」

けれどちょうど外からの柔らかな光が彼女に当たって、彼女はおとぎ話に出てくる聖女のようにも見えた。

だけど、目覚めた彼女は聖女様ではなかった。

彼女は俺を助けてくれるような力をもった魔女ではあっても、ごくごく普通の心優しい、けれど少しだけつっけんどんな態度を見せようとする、自分の感情をうまく隠せない女の子だった。

助けてくれたのに、俺に対して邪魔者を追い払うような言動をとる。

それなのに目を覚ましたことに明らかにほっとしてくれている。

そして帰れと言っているくせに、本当に帰るときにはどこか複雑そうな表情を浮かべている。

だから、どんな子なのだろうと興味を持ち、来るなとは言われたけど、もう一度会いに行こうと、俺は勝手に決めていた。だから忘れてしまいそうな山道もしっかり記憶しておいた。


赴任先には山道で土砂崩れがあったことは既に伝わっていたらしい。

ただし俺が巻きこまれたなんてことは想像されていなかったらしく、荷物の大半を失いながらもほぼ無傷という状態で辿りついたときにはとても驚かれてしまった。

「お前、よく無事だったな……」

そう言ったスファレ隊長の言葉に、俺は笑った。

「優しい子に助けてもらいましたから」

「ほほう?」

その後、歓迎会と称したスファレ隊長による飲み会で、今まで暮らしていた王都では飲まなかったような多量の酒を飲んでしまった。

酒が美味かったということもあるけど、歓迎も温かかったからつい……と、いう具合だったのだが、俺はそれ以前に自分の酒量の限界値を知っておかなければならなかったと、翌日ひどく後悔した。頭痛はすごいし、酒を飲んでいる最中にニヤニヤと隊長に笑われたことはしっかりと覚えていた。

どういう流れでそうなったのかははっきりと覚えていないが、気付けば助けてくれた子の話になっていたのはハッキリと覚えている。

「赴任中に事故って、可愛い女神様に助けられるとはなァ？　お前、不幸なんだか幸運なんだか」

そう話を振られたとき、俺は思わず首を傾げた。

「たぶん、女神様より優しくて、意地っ張りで、可愛い子ですよ」

確か俺のその言葉で隊長は酒を吹きだしていたような記憶がある。

それを見て少しだけ『しまった』という思いが湧かなかったわけではない。けれど、間違ったことは言ったつもりもなかったので、俺は訂正することをしなかった。

後に、からかわれるネタとなることなんて、まったく気付けずにいたのである。

今から思えば、その時点で一目惚れをしていたのだと思う。容姿もそうだけど、それ以上に不器用な表情がどうしても忘れられなかったのだと、思う。

けれど、そのときはそんなことには気付かず、どうしてなのかわからないままながら「今度は会って笑ってもらいたいですけどね」と、言っていた。

……実際には、もっと他のことも言っていたかもしれないけれど。

ただ、酔ってはいても彼女の住まいや魔女の末裔らしきことは意識して伏せた。

彼女がどういう意図で暮らしているのかはわからないが、あの場所に一人……それは、何らかの理由がなければあり得ないことだと思ったからだ。勝手に広めていいものだとは思えなかった。

そして俺は赴任後最初の休暇に礼を伝えに行くという口実で再び彼女を訪ねた。そして、それから定期的に彼女の元に通っていた。

訪ねれば毎度つっけんどんな態度はとられるが、料理を広げれば本当に嬉しそうな表情を見せてくれるのが楽しかった。ただしどうも警戒されているようで、帰れ帰れとずっと言われていたけれど、それも小動物みたいで可愛らしいと思った。言ったら絶対機嫌を損ねると思うので伝えることはないけれど、可能であれば食事がなくてもそんな表情をして欲しいなとも思ってしまった。

彼女が押しに弱いらしいこともすぐにわかったから、多少強引でも彼女の好みそうな食事を手に、休みの度に俺は隊長にからかわれながら森に向かうことが習慣になっていた。

ただ、それは彼女の反応を楽しんでいたから、というだけではない。二、三度目に彼女のもとを訪ねた一番の理由は、彼女が寂しい気持ちを押し殺していることに気付いてしまったからだ。

気付けた理由は、幼少時の俺も寂しいけどそれを言えない、仕方がないっていう状態があったからだと思う。

しかしそんなことを思う一方で、彼女の理由が俺とまったく同じだとは思っていなかった。こんな大きな森に一人で暮らしているのだ。子供が親兄弟に言えないだけとは違い、何か大きな理由があるのだろうとは想像できた。

でも、その理由は本当に予想がつかなかった。

魔女の末裔は数少ないが軍にも在籍はしているし、隠れて暮らすほどのことではないはずだ。だいたいそれだけが理由なら力を隠して街中で暮らすこともできるはずなのに……いや、お人よしの彼女ならうっかり使ってしまうのかもしれない。しかしそう思うと、何か彼女の力になれることがあれば言ってもらえるように、信頼されたいと思ってしまった。彼女が寂しいって思っているなら、なおさらだ。ただ、そのときの非常に警戒されている俺がそんなことを言えば、余計に警戒心をあおるだけだと思うので、なかなか言い出すタイミングは巡ってきはしなかったのだけど。

それから、彼女といるときは俺も心が安らいだ。たぶん彼女自身は気付いていないことだけど、彼女は感情がほとんど表情に出てしまう。考えていることに裏表のない彼女の隣は心地がよかった。そんな彼女が徐々に俺を追い返すのを諦めてくれたこともあって、慌てなくてもいいと思った。徐々にだけど、彼女が眉を吊り上げることも少なくなっていて、それで満足していたから。

そんな呑気なことを考えていた俺が彼女に惚れているらしいことに気付いたのは、彼女が共にキマイラ退治をすると言い出したときだった。

キマイラという魔物に対して詳しいことを知っているなら、その情報は欲しいと思う。しかし彼女が魔女の末裔だとしても、共に戦うということには抵抗を覚えた。

彼女は軍人ではない。守るべき民だ。

いつもの俺なら、真っ先にそう思うはずだった。

だが――そのときに感じたのはいつもと少し異なる、皆を守るという思いではなく、絶対に護りたい相手だという願いだった。

それに気付いたとき、俺は動揺した。

スファレ隊長が割って入ってこなかったら、たぶん説明のつかない言葉をずっと言っていたと思う。だから、割りこんでくれたことは助かった。

ただ、それでも彼女を同行せざるを得ない状況であることに悔しさも感じた。

でも、一緒にキマイラに立ち向かったおかげでわかったこともあった。

それは彼女もまた、人を守りたいと願う人だということだ。話したこともないモルガやエルバを危険を顧《かえり》みずに庇いに走ったことだけで、はっきりと伝わった。

彼女は俺が想像できていなかったほど戦い慣れた様子で、見たこともない術を駆使していた。

彼女に対する疑問は増えたが、俺に時間を稼いで欲しいと言われたことで、そんなことを考えるのはすぐにやめた。治療に入るということは、彼女が無防備になるということだ。他に手段がないからという理由があっても、それでも俺に任せたということは、多少なりとも俺のことを信頼してくれているからだろう。それならば、期待に応えなければ騎士の名が泣くというものだ。

もちろんそのようなことを思わなくても、絶対に倒すという気持ちはあった。けれど、任されたのだ。彼女が治療に集中できるよう、俺は彼女から教えられていたことに注意しつつ、任されたことを遂行《すいこう》すると強く誓いながら、考えた。

一人でもキマイラと戦うと言った彼女は、ただ護られることは望んでいない。

それでも隣に立てる、頼ってもいい人物なら、望んでいるのかもしれない、と。

たった二人でキマイラの討伐を終えた話は砦の中だけではなく、一気に街中にまで広まった。

英雄だの聖女だの、いろんな言葉が耳を通り抜けていたけれど、俺は倒れた彼女が目覚めないことに焦りを感じていた。医師によると、疲労で眠っているだけなのでいつ起きても不思議ではないとのことだったが、あまりに深い眠りはとても不安になった。

どういう術なのかはわからないが、エルバやモルガの解毒と火傷の回復を彼女は行っていた。だから彼女の身体の中で、なにか常人では理解できないことが起こっているのかもしれないと思うと、気が気ではなかった。

だから彼女が目覚めたとき、本当に安堵した。

しかし彼女はそんなことよりも色々と懸念している様子であったので、どういう方法で二人を助けたのか尋ねることはしないと、俺は約束した。そしてその約束をしながら、もしかすると彼女はそのお人よしさゆえに森で暮らさざるを得なくなったのではないかと考え始めた。特異な力は尊敬もされるが、畏怖の対象になることも、支配下に置きたいと思われるようなことも起こり得る。もしかすると彼女は彼女にとって優しくない世界から逃げるために、森に隠れたのかもしれない。

でも、もしその通りであったなら、そんな煩《わずら》わしさのない世界を楽しんでほしいと、俺は思った。砦の街だとキマイラ討伐の功績で聖女扱いは免《まぬが》れないと思うけど、同じく英雄扱いされてる俺だって、親しみを込めて呼び止められる程度で、煩わしいことがあるわけではない。少なくとも、この砦の街では、彼女を害するようなことは起こらないと思うし、もしも発生しそうだというのなら、俺がそれを遠ざけることだってできると思う。

それに予想が違っていても、森で寂しい思いをしているなら、この街で楽しんでほしいと思ってしまった。

さすがに体力を失っている彼女は無理に森に戻ろうとはしなかったけど、窓の外をよく見ていることには気付いていた。本人は無意識かもしれないけれど、帰ることをずっと考えていたのかもしれない。けれど、せっかく森から出てきているのだ。彼女はなにも言わないので、本当のことなんてなにもわからないが、このまま帰してしまえば、次に森から出てくるのがいつになるのかはわからない。それだけはわかった。

そして告げたデートの誘いという言葉は、嘘じゃない。

思った以上に大きく反応した彼女を見るとそれだけで言ってよかったと思ってしまった。

散策中には多少格好悪いところも知られていたし、タイミングを逃してもっと一緒にいたいということを言い逃してしまったけれど、たくさん話もできて楽しかった。本当は指輪を渡したときに自分の気持ちももっと伝えたいと思っていたけど、気付けば時間が過ぎてしまっていた。

ただ、焦っていなかったので『まあ、いいや』くらいにしか思わなかった。

彼女が喜んでくれるなら、またデートに誘えばいい。

言いたいことなんて、そのときにでも言えるのだから――そう、思っていた。


けれど、彼女は姿を消した。

宴から抜け出した場所で刺された彼女の傷が消えたことには、ひどく驚いた。

モルガやエルバ、それからテナンの解毒を行った彼女が、その力をもっている可能性が脳裏をよぎっていたことは否定しない。しかし、実際に目にすることと想像することはまったく違っていた。

奇跡の力を持つ少女——それが、彼女の正体だったのか、と。

おとぎ話にしか出てこないようなその術を、どうして彼女が使えるのかはわからなかった。ただ、魔女の末裔どころか本当に伝説に出てくる魔女そのものなんだと、思わざるを得なかった。

でも、それならなおのこと、彼女を害するものを近づけるようなことはしない。

不器用で、お人よしで、意地っ張りで、優しくて。そんな彼女が一人で寂しがることがないように、力になりたいと強く願った。

彼女が落ち着いたら、そのこともしっかりと伝えるつもりだった。

彼女は勝手なことをと思うかもしれないけれど、自分のことには無頓着《むとんちゃく》過ぎる勢いで人助けをする彼女には、それくらいの無遠慮さで言わなければ受け入れてくれないとも思ったから。もちろん、無理強いするつもりはない。でも、表情によく表れる彼女なら、本当にいやがっているかどうかを見分ける自信はあった。でも——それより先に、彼女はいなくなってしまった。

どうして姿を消したのか、俺にはわからなかった。彼女の力を知っても俺が彼女に害を与えるようなことはしないと、彼女もわかってくれているとは思う。それでも、それを拒否するように姿を消したことにはひどい衝撃を受けざるを得なかった。

どうして、何も言ってくれなかったのか。顔に出さなかっただけで、ここにいることを苦痛に感じていたのか？　――いや、彼女はそんなに器用に建前を使える性格ではない。

幸い俺は自分の首にかかっている魔石のおかげで、おおよその彼女の場所を知ることはできる。面と向かって拒否されたなら、考えなければいけないこともあっただろう。けれど、理由も言わずに立ち去って、俺が納得すると思っているのか。

そう思えば、絶対に見つけてみせると、俺はすぐにラズールのところへ駆けだした。彼女に問いたい気持ちも強いが、まだ体調が優れないはずの彼女がどこかで倒れていないかと強い不安や、寂しそうな様子が脳裏をよぎり、ひたすら焦る気持ちを落ち着けるのに必死だった。

だから彼女が無事で、むしろいつも通りすぎる様子を見ている俺は、先延ばしにせずに、ちゃんと言葉を伝えなくてはいけないと、強く思った。

第七話　魔女の戦い、騎士の誓い

あまりに強い誤解を与えかねない。

そう焦ったアストレイアは、必死に上気する顔で声を張り上げた。

「その、イオス。えっと、順を追って話すから……とりあえず、聞いて！」

「あ、ああ。でも、まずは落ち着こう、か……？」

「え、ええ、そうね」

イオスの言葉にアストレイアは頷き、自らの失敗を頭の隅へ追いやるように咳払いをした。

まさか自分がそんなことをいうなど、まったく考えてもいなかった。

とんでもない結論から告げてしまったと思いつつ、静かに気持ちを落ち着けた。

時間はたくさんある。最初から、すべてを伝えるだけの時間はあるはずだ。

「あのね。私、実は四百歳を超えてるの」

「え？」

「長くなるんだけど……いいかな？」

それから、二人で大樹にもたれかかり、ゆっくりとアストレイアは記憶を言葉にし始めた。

約四百年前に農村に生まれ、幼馴染《おさななじみ》に誘われ軍に所属する魔女になったこと。

帝国の猛攻から国を守るために強大な力が望まれ、召喚の儀が執り行われたこと。

姿を現した竜が人に血を分け与えたものの、その血に耐えられず多くの人が命を落としたこと。

しかし自分には人の限界を超える力が宿り、終戦へと導くことができたこと。

そして――その結果、年を取ることも、死ぬこともない身体になってしまっていたこと。

「本当に魔力が完全回復していたら、私も相当強いのよ。イオスと会ってから、魔力が全快だったことなんて一度もないけどね」

最後、冗談を交えるつもりでアストレイアは言ってみたが、イオスの反応はない。

「……」

「あの、イオス」

「……言えないのはわかるけど――なんで言わなかったんだ、って言わせてほしいな」

「だって、重いでしょ」

「うん、言いたいことはわかるし、俺のわがままっていうのもわかってるんだけど」

そう言いながら重ねられた手は強く握られた。少し痛いくらいだと思ったが、それは口にしなかった。痛いが、離して欲しいわけじゃない。

「呪いをね、解きたいなって思ってるの」

「うん」

「成功するかわからないけど、一応、竜を呼んでみようと思うの」

「うん」

突拍子もない話にも拘らず、あっさりと受け入れるイオスの返事にアストレイアはほっとした。穏やかな声は、不安を溶かしてくれるような気もした。

「失敗したら――」

「練習だったんだな、それは」

「……そんなもの？　私、何年も失敗したわよ」

間髪《かんはつ》を容《い》れない返答は、気休めにも使われるような言葉であった。しかし肩の力を抜いたイオスからは、慰《なぐさ》めで言っているわけではないことが伝わってくる。

「何年もしてるなら、修業は充分ってことだろう。手がかりは一緒に探すよ……って、なに笑ってるの。これでも真剣に言っているんだから」

そう言われたアストレイアは、自身が笑みを浮かべていたことに初めて気がついた。

「ごめん、でも、ずっと悩んでいたのに……こうも短期間で意識って変わるものなのかなって、少し驚いてるだけよ。一人じゃ、何も変わらなかったのにね」

するとイオスは数度目を瞬かせ、それから何か考え込んだ様子だった。

「どうしたの？」

「……不謹慎《ふきんしん》なこと、言ってもいい？」

「なぁに？」

「きみが、呪いを解かないでいてくれたから、俺もきみに会えた。だから、その、俺にとっては助かったなぁ、って」

すごく後ろめたそうな表情で、困ったように笑いながら言うイオスに、アストレイアは吹きだした。

「なにそれ」

「ごめん。勝手なんだ、俺」

「それは知ってる。でも、あなたに出会わなければ、私も再び解こうなどとも思わなかったわ」

私、あなたともっと一緒にお話ししたいって思ったから、こうして決めたのよ。

そこまでを声に乗せられていたのか、わからない。

立ち上がり、それからゆっくりと振り返ったアストレイアが見たのは面食らったイオスの表情だった。

「……ここで俺が呪いをとけたら、かっこいいのにな」

「それは、いらないかな。だってあまりかっこよくなられ過ぎたら困るもの」

「なんだか、きみにお世辞を言われるのは珍しい気がする。いや、初めてかな？」

肩をすくめるイオスの言葉に、アストレイアは伝えたかったことがあまり伝わっていないことを理解した。

（……まあ、それは不老不死が解けたらで、いいか）

コホンとわざとらしい咳払いをしたアストレイアは、召還を行う泉に向かうとイオスに伝えた。

「今から、一度、試してみたいの。付き合って、くれる？」

「もちろん、何度でも」

「できれば一度で終わりたいものだけどね」

そんなことを言いながら進む道中で、ふと思い出したようにイオスはぽつりと呟いた。

「でも、四百年前で、しかも聖女っていうなら納得できるかも」

「なにが？」

「きみの強大な魔術や魔物に対する知識もそうだけど――奇跡の力を持つことだよ。文献にも残っていないしとても貴重そうだけど……昔は、そんな力もあったんだね」

「いや、あれは怪我を私が引き受けただけで、そんな力ではな――」

素直に答えかけたアストレイアは、途中で口を閉じた。言えばあまりに恩着せがましくなる。

まずい。これは言っていなかった事柄だ。けれどすでに内容は伝わってしまったのか、向けられている視線が痛かった。

「……怪我、引き受けたの？　そんなこと、してたの？」

「うん。ほら、私はすぐに治るし、ね？」

できるだけ平静に返すが、イオスの声が固く、そして低くなる。

ああ、無茶したって怒られるのかもしれない。しかし絶対に必要なときにしか術は行使していないし、そのことはきっとイオスも理解している。だから怒られはしないはず……などとアストレイアが思っていると、急にその手を強く引かれた。

「急ごう。どこで召還するの？」

「わ、びっくりした。急にどうしたの」

「いいから」
ずんずんと前を進むイオスの姿は背中しか見ることができない。けれどいつもより大きく見える
その背中は、いつも以上に頼もしく見えてしまった。

到着した泉の付近は虫の鳴き声だけが小さく響く静かな場所だった。

「すこしだけ、離れていてくれる？」

「わかった」

一歩下がったイオスに微笑むと、アストレイアは泉の縁まで足を進めた。

そしてそこで膝を折り、両手を水面に触れさせ、魔力を流し込んで魔法陣を水面に描く。何度も
描いたそれは複雑であるにも拘らず、数百年の時を経ても迷うことなく描くことができる。

やがて完成した図が光を帯びると、文様に沿って水が垂直に跳ね上がった。

（……今度こそ、成功させる）

準備は整った。

「我が声に、お答えください」

アストレイアの言葉で水しぶきはさらに高くまで舞い上がり、泉全体が輝いた。

ここまでは、過去に見た通りだ。問題は、ここからだ。

アストレイアは立ち上がり、真っ直ぐに泉の上を見つめ、そして叫んだ。

「異界に通じる神秘の扉よ、開きなさいッ‼」

その声と同時に、辺りに強い風が吹き荒れた。嵐のような強風に思わず腕で顔を庇うが、膝をついても飛ばされそうになる風は今までにないものだ。もしかしたら竜が現れるかもしれない、そう思うのに、留まれない。

そう思ったとき、支えられる温かさに気が付いた。

「イオス」

「支えるから。きみは、きみがしたいことに集中して」

風にかき消される声は所々しか聞こえない。しかし、心配などなにもしなくていいことは充分に伝わってくる。

(呼びかけに、応じて!!)

そう、アストレイアは強く願った。

その瞬間、強い光が上空に生まれ、派手に弾けた。

思わず目を見開けば、輝く泉の上に黒い影が現れている。

強い光の中の存在は目を凝らしてもすぐにはわからなかったが、徐々に辺りの光が落ち着きはじめ、影の正体もはっきり見えてくる。

「やぁやぁ、我の血を摂りこんだ人間の小娘よ。直接会うのは初めてだな」

白い肌と髪に青い瞳を持ち、赤い紅を差している女性は、とても妖艶《ようえん》な美女だった。ただし角や長い瞳孔《どうこう》が、人でないことを示しており、同時に神秘的な雰囲気を漂わせていた。

彼女はゆっくりと水面に降り立ち、水がまるで大地であるかのように、何事もなくゆるりと歩く。

アストレイアは思わず息を飲んだ。

「あなたが……竜？」

「いかにも。ここは本来の姿で現れるには狭かろうと思い、小振りな姿でやって来たが……美しさには変わりなかろう？」

竜は面白そうに言葉を告げるが、アストレイアにとっては彼女の大きさよりも、彼女が本当に竜であることが衝撃的だった。

本当に呼ぶことができたという驚きで、思わず言葉も失ってしまった。

しかし竜はアストレイアの様子に構うことなく、非常に楽し気な声を発していた。

「我の血を飲み、なおも生き残った小娘が森で隠居を始めたときには『つまらんことをし始めた』と思ったが、ここ数日はずいぶん楽しませてもらったよ」

「……その言い方、もしかして、ずっと見てたの？」

「ずっと、とは語弊があるな。我もそこまで暇ではない。が、まあ、暇つぶし程度には見ていたよ。暇つぶしでもしようと思わねば、わざわざ人に血を分け与えたりはせんよ」

そう言いながらアストレイアの正面までやってきた竜に、アストレイアは思わず眉を顰《ひそ》めた。

「ずいぶんと悪趣味なのね」

相手が神だといわれても、あまりの言葉にアストレイアは丁寧な言葉を使うことができなかった。

しかし竜もそんなことを気にする素振りを見せなかった。

「だが、我の気まぐれで、この国は救われただろう？」

その言葉に対し、アストレイアは反論することができなかった。実際、受けた恩恵がどのようなものであったのかはアストレイアが一番知っている。

「もちろん我が力を与えたところで、お前のように奇跡を信じ、実際に行使できる人間がいたからではあるがな。人の器で我の力を取りこむとは、大したものよ」

「……」

「そう睨むな。その命を賭《と》して、我に助けを求めた者たちの結末くらい、見届ける資格はあるだろう？　それに今回の呼び出しに応じたのも、小娘が面白いことを見せてくれた礼に過ぎん」

「……」

なぜ今まで呼び出せなかったのか、なぜ、呼び出せたのか。

その根本的な原因がわかったアストレイアは深く溜息をついた。

まさか、竜を面白がらせることができるか否かが理由など、誰が思っていただろうか？

「まあ、興味が湧くのも仕方がないと理解してくれ。人間が神と呼んでいる我らの力の断片を手に入れた先に、何があるのかは気になるものだ。ほかの奴らからは人に力を与えるなとうるさく言われたがな」

「……あなたは今、私の何を面白いと思って現れたの？」

「それを言うのは野暮だろう？　まあ、大雑把《おおざっぱ》に言えば……人間が命を賭すほどに迷い、もがき、進もうとする――そこに他人への想いが混じるとなれば、手を貸さぬわけにはいかないだろう。我を一番楽しませてくれる、人間が起こす予想外の行動や結末が見れるかもしれないのだからな」

竜はにやりと笑い、それから続けた。

「そう、むくれるな。私も退屈しのぎの礼に、お前の願いを一つだけ叶えるつもりなのだ。ただし私の基準の許容範囲内で、だがね」

「……なんだか、神様という存在はずるいわね。思いのままのようで気にくわないわ」

「思いのままの神の心を動かした人間がそれを言うのかね。まぁ、よい。――さあ、小娘。望みを告げてみよ」

ややや芝居がかったような、しかしそれでいて威厳を感じさせるような声で竜はアストレイアに言葉を告げた。

竜とアストレイア、双方の視線がしっかりと交わった。

「私を、不老不死から解放する方法を教えて。あなたは、知っているのでしょう?」

「もちろん知っている。だが……それは、今すぐ死ぬための方法を含めてよいのか?」

「！」

それは、アストレイアの考えになかったことだった。

ただ、四百年以上もの間、身体の加齢は止まっている。しかし再び時が動き出したとき――急激な身体の変化が起きても、不思議ではない。

(朽ちる、ということ？　四百年分の時を、一気に受けると……？)

アストレイアは動揺したが、肩には強い力が加わり、目を見開いて振り返った。

「落ち着いて」

「イオス」

「大丈夫。この神様は退屈しのぎをしていたのに、そんなつまらない結末になるようなこと、させると思う？　それしかないなら、ずっときみを観察していなかったはずだ」

そのイオスの言葉に竜は大笑いをした。

「あっはは、冷静じゃの、若者よ。そこにいる無駄に年だけ食った小娘とは随分な違いだ」

その言葉に対して眉間にしわを刻んだアストレイアに、竜はなおもおかしそうに続けた。

「だが、若者よ。その考えは正解でもあるが、間違いでもある。小娘、不死を解きたいと言うのであれば、もう一度我が血を飲めばよい。我は今、自らを傷つけて血を与える気分ではないが、その魔石にも我の血が染みていることだろう。その魔石を飲むがよい。つまりは生きるか死ぬかという、試練の再来だ」

その魔石、というのはアストレイアのペンダントだった。

かつて、竜の血を飲み、その命を落とした友人の核。

アストレイアは驚き、そしてペンダントを掴んだ。

「覚悟はよいか？　一応、別れの言葉を告げる時間をとってもかまわんよ。我は急がんし、お前たちを眺めるだけだからな」

「……」

アストレイアは、イオスを見つめた。

ただ頷いたイオスに、アストレイアも頷き返し、再び正面に向きなおった。

「別れの言葉なんていらないし、むしろそれが方法なら安心よ。私の友人も、きっと応援してくれるもの」

「そうか。ならば、究極の運試しを行うがよい。幸運を、とだけ言葉を送ろう」

そうして水面で腰を下ろした竜に、アストレイアは一礼した。

そしてペンダントから石をはずし、数秒間見つめていた。

「イオス、手を借りてもいい？」

「ああ」

アストレイアは強くイオスの手を握った。

（大丈夫。これで、しっかり戻ってくる道は見つけられる）

握り返される温かさを感じたアストレイアは迷いを見せることなく、魔石を口に含んだ。


かつて受けた試練のことを、アストレイアはよく覚えていない。

心地いい空間に放り出されたような気もするし、身も凍《こご》えるような寒い空間に放り込まれたような気もするし、息苦しいほどに暑い空間に放り込まれたような気もする。

そして今放り出されたのは、真っ暗な空間だった。

「……こんなところ、だったっけ」

自分の声すら飲みこむような黒い空間は、どこを見ても何も見えない。どこに行けばいいのか、何をすればいいのか、まったく何もわからない。以前受けた試練とは異なるものであることは確実だろう。

（どうすればいいのかわからないけど、止まっているのはダメね）

それからどれほど歩いたのかわからない。進んだのかどうかも、はっきりわからない。

しかし、やがてこの空間に来てから初めて音が聞こえてきた。

「……レ…ア、……アストレイア！」

それは、ひどく懐かしい声色《こわいろ》だった。

思わずアストレイアが振り向けば、黒い空間は霧散《むさん》した。

目に飛び込んで来たのは、もう二度と見るはずがなかった懐かしい故郷の村で、そして二度と会うことがないはずだった、一歳年上の蒼い目をしたお転婆《てんば》娘だった。

「……っ⁉」

「もうっ、何を驚いているのよ！　いつものんびりし過ぎてるんだから」

永い間呼ばれなかった名前を当たり前のように呼ぶ彼女は、十歳くらいの姿だろうか。アストレイアも思わず自分の手を見れば、今までよりも小さな子供のものになってしまっていた。

突然のことに状況が把握しきれない中でも、アストレイアは『どうしたの、どうしてここにいるの』と、尋ねようとした。しかし、それは叶わなかった。

「ねえ、どうしたの？　今日は村長さんのところで一日お手伝いじゃなかったの？」

口から出た言葉は自分の思いとはまったく異なる言葉だった。

自分の意思で喋《しゃべ》れない。そのことにアストレイアは内心焦るが、それは表情には出なかったのか、目の前の少女は気にすることなく、不敵に笑っていた。

「お手伝いはまた後で。覚えてたら、ちゃんとやるわよ。それより見てよ、これ！」

「……石？」

ごくごく一般的な、どこにでも転がっている小石を得意げに掲げた少女は、石を垂直に放り投げた。それはやがて重力に従い、彼女の手の中に……落ちては来なかった。

「浮いて、る？」

「いやあ、魔女の適性はあるって言われてたけど、全然発現できなくて……ようやく成功させられたわ」

少女の手のひらの少し上で漂う小石をアストレイアはまじまじと見つめた。

そこで、アストレイアの脳裏には古い記憶が蘇った。

(この会話を、私は知ってる)

これは、自身が魔女の力を初めて使う直前、そして、友人が初めて魔術を披露してくれた日のことだ。

それと同時に、焦りが込み上げてきた。この話がきっかけとなり、この後どうなるのかは、アストレイアが一番よく知っている。

「おめでとう。ずっと練習してたの？」

「もちろん！」

相変わらず、自分の言葉は勝手に零れ落ちている。

「この調子だと、きっと明日には空も飛べるかも。まだちょっとしか浮けないけど、だんだん感覚がつかめてきたもの」

「すごいね」

「でしょう？　それでこの隠されていた力で戦争を終わらせて、大英雄って呼ばれるようになるのよ」

そう、晴れ晴れとした表情を浮かべる彼女に、やはり自身の意思とは無関係にアストレイアは喋り続けた。

「じゃあ、王都に行っちゃうの？　心配だよ」

「だったら、あんたも来なさいよ。魔女の適性はアストレイアにもあったでしょ？　ほらほら、はやく練習して一緒に王都に行くわよ！」

「え……でも、私にはそんな大した魔術は使えるようにはならないと思うし」

「いやいや、あんたにはきっとすごい力があるわ。ほら、練習練習」

そう、せわしない勧誘を続ける少女には、どこか焦りの色も映っていた。

「……不安なの？」

そう、尋ねずにはいられないほど、先ほどの自信満々な様子とは打って変わって彼女の目は泳いでいた。

「……まあ、ちょびっとは。それに、私が活躍した記録はちゃんととっておいてもらわないと困るでしょ？」

少し茶目っ気を交えながらも彼女はアストレイアの様子を窺っている。そんな彼女に、かつてのアストレイアは仕方がない姉貴分だと、笑って頷いた。

けれど、そこで初めて記憶と異なることが起こった。

「じゃあ、どうして？　人に任せようと、しないの？」

自分の口をついて出た言葉は、記憶とは大きく異なる、今のアストレイアが思う言葉だった。

「「……え？」」

アストレイアと友人、双方の声は驚きで重なった。

「……何を驚いているの？」

「な、なんでもないよ」

怪訝《けげん》な表情を浮かべている友人に、アストレイアは慌てて首を振った。

しかし、自由に言葉が喋れるようになったアストレイアには今までとは異なる緊張が走っていた。

（もしも……もしも、ここで止めていれば、この子は死ななかったんじゃないの？）

これは今の場面でなくてもいい、しかしどこかで止めていれば、と、ずっと引っ掛かっていたことではある。

そしてそう思うと同時に、まるで今が現実であるような、そんな感覚が身体をとりまいていた。

風の音も、遠くで鳴く牛の声も、草木の香りも、すべてを身体は感じている。それはまるで自分が過ごした四百年こそ夢であるようにも思わせてしまうほどだった。

(でも、違う。今の私は、このときの私じゃない。私は確かに永い時を生き、イオスに出会った)

だから、こんなことを目の前の彼女に聞いても無意味だということはわかる。

しかしアストレイアが自分の力を振るうと決めたのは、彼女がきっかけだった。その彼女が、一体何を、どう思っていたのかは、目の前の彼女が幻《まぼろし》だとしても尋ねたいことだった。

「……アストレイア?」

「あ、うん、ごめん……でも、聞いてみたくて」

「まあ、いいけど。でも、そうね。私がやるって決めたから。理屈じゃ説明できないかもね」

そう、照れながら言う彼女を見て、アストレイアは目を瞬かせた。

「もしもそのせいで、あなたが辛い道を歩むことになっても?」

「そのときはそのとき! 苦難があるなんて、わかっているもの。それでも、私は戦いを終わらせたい。みんなで幸せになりたいんだよ」

それが本当なら、彼女こそ聖女にふさわしい。

アストレイアはそう思うと同時に、小さく頷いた。きっとそんな彼女なら、何を言っても未来は変わらなかっただろう。

「……未来は、そのあなたの想いのおかげで、作ることができたから。気に入ってくれるかはわからないけど、たくさんの笑顔があふれる国になったから」

だから、安心してね。それが、アストレイアに言える精一杯の言葉だ。

しかし、彼女は口をとがらせた。

「……不満ね」

「え？」

「あなたも、ちゃんとその世界で幸せになりなさい。私のおかげだっていうなら、一つくらい私の言うことも聞けばいいんじゃない？」

挑発するような物言いの親友に、アストレイアは思わず吹きだした。

「私が、あなたの言うことをきかなかったことなんて、あったかしら？」

「……なかったわね。じゃあ、今回もちゃんということ聞きなさい。できれば、私が驚くくらい、とびっきりな幸せを掴むのよ」

私のせいで、永い時に閉じ込めてごめんね。

私の夢を叶えてくれて、ありがとう。

今度は、私が守ってあげるから。

そんな声がアストレイアの頭の中に響いた気がしたが、意識はそこでふつりと途切れた。


「……」

薄目を開けたアストレイアの目に入ったのは、朝露に濡れた草だった。

(ううん、これは……召還のときに舞い上がった水しぶき、かしら……？)

薄暗く、しかし確実に夜が明ける森で、頭にずいぶん堅い感触を覚えながらアストレイアは指先を動かした。

(……生きて、る)

頭の中はやや薄靄《うすもや》がかかったようにはっきりとしないし、身体も少し重たいような気はするが、それは朝の目覚めと同じような感覚だ。

「目、覚めた？」

降り注いできた柔らかい声に、アストレイアは頷こうとした。そして目を見開いた。声が、上から降ってくる……？

まさかと顔を動かせば、真上にイオスの顔があることに驚いた。

「……わあああああ、ちょ、イオス、なに、膝枕⁉」

「いや、その、地面よりはましかなって」

「そうだけど、そうだけど‼」

アストレイアは思わず飛び起きて叫び、距離を取ろうとしたが、それは手を引かれることによって阻まれた。先ほど動かした手と反対の手が、イオスの手のひらに包まれていた。

しかし立ち上がりかけていたアストレイアはバランスを崩し、そのままイオスに受け止められた。

「危ないよ」

「だって、でも、イオスが‼」

しかしその抗議が意味を成す前に、焦るアストレイアの叫びをかき消すほどの大きな女性の笑い声がその場に響いた。

「まこと、人は面白い。あのものぐさ娘の、この慌てっぷりとは……くくく、愉快というものにほかならんな」

「竜って……神様のくせに性格悪過ぎるでしょう……」

「妙なことを言う。これをよい性格といわずして何という？　しかし、祝いの言葉は述べるとしよう。おめでとう。これでそなたも老けゆく人間の仲間入りだ。そなたはそなたが望んだ、普通の人間になったのだ」

「あ……ありがとう……」

祝いにも皮肉にも聞こえる言葉に、アストレイアはイオスに抱きしめられたまま振り返り、一応礼を口にした。

この竜の物言いには思うところもあるが、竜がいなければ今のこの国もなく、アストレイアもこの場にいない。そして再び現れることがなければ、不死が解けることもなかったのだ。

しかし、竜はアストレイアの礼など聞いていないようだった。

「ただ、竜の血を二度も飲んで生き残ったあげく、二つの魔石を体内に宿す魔女が普通の人間といえるのかは謎だが、まあ、年をとって死ぬという意味では普通だろう。よかったな」

「……」

あくまでも竜は率直な感想しか述べていないことはわかる。わかるのだが……。

（なんだろう、これは素直に喜んでいいことなのかな……？）

喜ばしいことであるはずなのに、アストレイアにはどこか不穏なことを言われているような気がしてならなかった。しかし、それでも思ったよりは不安の色は濃くならなかった。たぶん、それは今感じている温かさが原因なのだろう――などと思っていると、急にアストレイアは頭をイオスに抱え込まれるような形になった。頬がイオスの服に密着している。

「……あんまり竜に独り占めされると、気分はよくないかな」

「い、イオス‼　ちょっと‼」

「はは、ならば我は退散するとしよう。どうせ、離れていても状況は見れるからな」

竜はそう言うと身体を輝かせ、光の珠《たま》へと変化した。そのまま珠は徐々に消えてゆこうとしていたのだが、完全に消え去る前に竜は思い出したように言葉を残した。

「そういえば、召還の儀で使用した魔力に反応して、ずいぶんな魔物がこっちに向かってくるようだったぞ。ほれ、この間そなたが倒したキマイラとそっくりだぞ」

「は⁉　キマイラが、まだいるの⁉」

「ちょっと心を静めれば魔力が感じられるだろう？　まったく、人というものは精進が足らん――まあ、せいぜいあがけ。もう命は一つしかないぞ」

言い終えるや否や消えた竜に、アストレイアは舌打ちした。

まさか目覚めてすぐに舌打ちをしようとは、誰が思っていただろう？

しかし気配をたどれば、確かに二体近づいてくるようだった。二体も……と思えばとても面倒だ。

だが、アストレイアの口はすぐに弧を描いた。

「ねぇ、砦の街の副隊長さん。ここで一網打尽《いちもうだじん》にしておけば、砦の皆も、周りの村も——みんな安心して暮らせる、よね？　私、通りすがりの魔女ですが、雇ってくださいますか？　名を、アストレイアと申します」

初めて告げた名に、イオスは目を見開いていた。

「——っ」

「イオス？」

「いや、むしろこちらから願いたい。ただ、一つだけ条件が。アストレイア、イオスフォライトからの願いを聞いてくれますか？」

「なに？」

「無茶はしないこと」

そう言ったイオスに、アストレイアは笑った。

「今までやってきたことに比べれば、どんなことだって無茶に入らないんじゃないかしら」

「アストレイア！」

「冗談はさておき、来るわ。二体のキマイラ、倒して凱旋《がいせん》しちゃいましょう！」

そうして、朝一番の運動にしてはあまりに騒がしすぎる、派手な戦いが幕を開け、そしてそれは勝利に彩られることとなった——。

イオスとアストレイアが二体のキマイラを倒した話は、あっという間に街中の噂になった。

そして、二度目のキマイラ退治から数日後。

「武神と戦女神だとさ。おまえら、ついに人間卒業してしまったのか」

「お言葉ですがスファレ隊長、神だと思ってくださるなら仕事の量を減らしてください。どこその神様はあまり労働はお好きではなさそうでしたので」

「なに言ってんだ。給料分の仕事をしろ、副隊長」

「むしろ残業代が足りてないって実状ですけど」

溜息をつきつつも『まあ、軍だし予算がなければしょうがない』と、諦めている様子にも見えるイオスは目の下にクマを作っていた。

イオスとアストレイアは二体のキマイラ討伐後まっすぐ砦に戻るつもりだったが、道中で偶然盗賊団に遭遇してしまった。もちろん見逃さずそれも二人で撃退したのだが――その際に傷を負ったアストレイアは現在再び療養中である。ただし療養中とはいえ寝たきりといった重症なわけではなく、部屋のソファでくつろいでいるだけではあるのだが。

（……まさか私自身の魔力が強くなりすぎて、火傷をするなんて思ってなかったわ）

どうやら新たに体内に加わった友人の核は、今までの力を倍にするかのような力を秘めていた。

竜が普通の人とは言えないと言っていた意味が、よくわかる気がした。聖女と呼ばれる魔女の二倍の力を持つ魔女など、控えめに言っても武闘派だろう。

アストレイアとは対照的に、対盗賊戦においてもイオスが手傷を負うことはなかった。しかし盗賊団の後処理に追われるようになった彼は、結果的にアストレイアより生命力が削られているようにも見える。

「まぁまぁ、落ち着けイオスフォライト。せめてもの慰めにと、嬢ちゃんの部屋での執務を許可してるんじゃないか」

「……」

「しかし嬢ちゃんがいなくなったときのイオスの慌てた様子、なかなか見物だったなぁ……まさか、魔物狩りをしたうえ盗賊団を捕まえてくるとは、さすがに俺も想像できなかったけどよ」

「……隊長、邪魔なんで部屋から出ていってください。うるさいです」

「はいはい、また後で来るよ。ああ、また宴の準備しとくからなぁ。今度は俺が全面的にプロデュースした慰労会だ！」

「そんなことより、ご自分の仕事をさっさと片付けておいてください」

「まあ、それは気が向いたらだな！」

そう言いながら去っていくスファレは、邪険にされても相変わらず楽しそうだった。

扉が閉まるかどうかというときに、イオスは大きな溜息をついた。

「お疲れ様ね」

「……まぁ、あの人が自分で自分の首を締めた分は、俺ももう手伝わないけどね。隊長、できるのにやらないだけだから」

そういうイオスは少し背伸びをしていた。『もう手伝わない』ということは、前は手伝っていたのだろう。イオスの面倒見のよさは、どこでも存分に発揮されているらしい。

「痛むの？」

「え？」

突然の言葉にアストレイアは首を傾げたが、イオスは不思議がることなく言葉を続けた。

「手、見てるでしょう。痛いなら、鎮痛剤をもらってくるよ」

「ああ、違うわ。痛みはないんだけど……傷って、なかなか癒えないものだと思っていたの」

魔力が倍増したとはいえ、不死の生命力は失ってしまっている。異様なほどの身体再生も、アストレイアにはもう起こらない。

(自分の手に傷があるのが、まだ不思議な気分だわ)

つい視線が手にいってしまうのも、まだ慣れないという理由だけだ。この傷は、あとどれくらいで治るのだろう――そうアストレイアが思いながらイオスの方を向くと、なかなか鋭い視線が向けられていることに気付いてしまった。

「……イオス、ちょっと顔が怖いわ」

「だから、無理するなっていったのに」

「仕方ないじゃない、魔力が上がってるなんて思わなかったんだもの。無理なんてしてないわ」

「綺麗な手なんだから、大事にしないといけないよ」

そう言うなり、イオスは書類に視線を落とした。イオスの書類の処理スピードは普段通りで、とても自然な様子である。

一方アストレイアの頬はイオスの言葉で火照《ほて》っていた。

（……なんで、そんなさらっと言うの‼）

アストレイアは思わず膝に顔を埋めてしまった。

（いや、うん。私だって泉でたくさん色々言ったけど……！）

勢いというのは恐ろしい。なんであんなことを言えたのかと、今になって思ってしまう。

しかし、アストレイアはあのときと同じくらい……いや、それ以上の言葉をイオスに伝えなければいけないという想いがあった。

なぜなら……残念なことに自分の気持ちがまだイオスに少しも伝わっていないらしいからだ。

（私の中でイオスと一緒にいたいから不死を解きたいって、あれ以上の告白なんてないのに‼　イオスはなんでそんなに普通にしてるのよ！　どう考えても伝わってないじゃない……！）

自分でも言うつもりのなかった予想外の言葉だったが、それでもあれは完全にアストレイアの中では告白だ。だからこそ、あのとき言ってしまったことで焦ったのだ。

（あれを告白って思ってもらえてなかったら、何を言えばそう思ってもらえるの？　そりゃ、私も違うって言ってしまった気がするけど、違うっていうのは順番のことで……！　だいたいもう一回ってどのタイミングで言えばいいのよ、もう、最低すぎる……！）

穴があれば入りたい、なければ自分で掘って埋まりたい。ついでに顔の火照りをさます氷もほしい。

(あのときの勢いは、どこから生まれてたんだろう……)

そう、アストレイアは顔を伏せたまま乾いた笑いを漏らしてしまった。

そもそも仕事をしている相手を前にこんなことを考えている時点で申し訳がないのだが、このままではずるずると言えないままになりそうだ——そう、アストレイアが一人悶《もだ》えていると、椅子が動く音がした。

「……イオス？　お仕事は？」

「ん、少し休憩する。お隣、お邪魔しても？」

「今更聞くの？」

「それもそうだね」

苦笑したイオスはペンを置き、そしてアストレイアの隣まで移動して腰を下ろした。

「……」

「……」

そして、沈黙が訪れた。

(ちょとまって……これ、気まずい‼)

お疲れ様は言ってしまったので、次にかける言葉は何を選ぶべきだろう？　普段ならもう少し自然に話題を探せたと思うのだが、いろいろと考えていたせいでアストレイアの頭の中はこんがらがってしまっている。

（今まで、こういうときってなにを話してたんだっけ……！）

アストレイアは必死で記憶を引っ張り出そうとしたが、出てくる記憶はだいたいイオスから話しかけてもらった記憶ばかりだ。自分から話題を振るということは、ほぼ記憶にない。

だが、今は無言だということは……。

（もしかして、話題はもう尽きたってこと……？）

それは、イヤだ。

飽きられてしまわれては、困る……‼

「あのね」

「あのさ」

しかしいざ口を開けば、それは見事にイオスとタイミングがかぶってしまった。思わず互いに顔を見合わせて固まり、一拍おいて同時に笑ってしまった。

「お先にどうぞ？」

「いや、アストレイアが先に……いや、やっぱり俺が先でもいい？」

「うん、もちろん」

イオスの申し出にアストレイアは内心ほっと息をついた。沈黙していたように思ったが、それも気のせいだったんだろう。

しかしイオスは話題を切りだすより先に再び立ち上がってしまった。

「あれ、話があるんじゃなかったの？」

「うん、大事な話なんだけど……その、格好というか、形式も大事かなって」

「？」

一体なにを言っているのだろうと首を傾げてイオスを眺めていると、イオスはアストレイアの前で膝を折った。そしてアストレイアが怪我をしていない、そしてイオスにもらった指輪をしている右の手を取った。

「申し上げます、アストレイア様。私に、貴女の隣で貴女を守る剣になることをお許しいただけませんでしょうか？」

「……え？」

「だめかな？」

困り顔をあげたイオスを見ながらアストレイアは何度も瞬きを繰り返してしまった。

しかしその顔を見つめているうちに、ようやく事態を理解した。

（ちょっと待って。譲るんじゃなかった……！）

答えは一つしかないはずなのに、それでもうまく声を発することができなかった。

口は開閉するものの、声にならない空気が抜けるだけなのだ。

おかしい。こんな予定ではなかったはずなのに‼

「き、騎士の誓いを受けるなんて、思わなかったわ」

違う、そうじゃない！　何を言ってるの、私‼

ようやく絞りだせた言葉に対してアストレイアは自分自身を非難した。

よろしくお願いします、それだけで充分なはずだというのに、どうしてそれが言えないのか！

今すぐ馬鹿な自分を張り倒したい。イオスが手を離してしまう前に、ちゃんと答えなければ――。

「一応、前に告白してたつもりだったんだけど。やっぱり気付かれてなかったんだ、あれ」

「え、いつ⁉」

そんな記憶はない。

しかしアストレイアのあまりの驚きに、イオスは苦笑した。

「悔しいから、内緒かな」

「…………。じゃあ私も内緒にしとく」

「何が？」

「内緒‼」

私だってとっくに告白してるつもりだった――なんて、悔しいから誰が言うものか。

しかしお互いさまだったということがわかっても、今はきちんと返事をするべきだろう。

先手をとられた、やられたという思いはあるが、よくよく考えればそれはいつも通りのイオスでもある。

アストレイアは顔を火照らせながらも咳払いで仕切りなおした。

「ねえ、イオス。せっかくだから、もう少し欲張らせてもらってもいいかしら？」

「俺が叶えられることなら、なんなりと」

「では、遠慮なく。……貴方が剣になるなら、私は盾となりましょう。守られるだけなんて、私の性格に合ってないでしょう?」

アストレイアの言葉に、イオスは面食らった様子だった。

それを見てアストレイアは吹きだし、それはすぐにイオスにも移ってしまった。

「うん、知ってる。でも、怪我には注意してね」

「イオスはそればっかりね。でも、それはあなたも同じことよ?」

「じゃあ、互いに気を付けないとだね」

そう言うとイオスは右手を離して立ち上がり、それからゆっくりとアストレイアの隣に座りなおした。

「ねえ、外を歩くくらいの元気はある?」

「ええ、それはもちろん」

「なら、明日は約束の刺繍糸を買いに行こう。お守り、直してくれるんだよね?」

突然の誘いにアストレイアは目を丸くした。

「お仕事、いいの?」

「代休たくさんあるから、ちょっとくらい休憩してもいいでしょ。帰ってきたらちゃんとやるし」

少し子供っぽい言い方をするイオスに、アストレイアは書類の山は見えないことにして流されることにした。イオスが期限ギリギリの仕事を放置するとも思わないし、一緒に出かけられるなら出かけたいというのはアストレイアだって同じことだ。

「ただ、刺繍は本当に期待しないでね。慣れてないから」

「どんなのでも俺は嬉しいけど——と、忘れてた。アストレイア宛てに手紙が届いていたんだった」

自分宛ての手紙など、アストレイアには身に覚えがない。そして渡されたた封書の文字もあいにくアストレイアには読めないものだった。これからは文字も学ばなくてはいけないなと思いつつ、アストレイアは取り出した手紙をイオスに手渡した。

「……ごめん、読んでくれる？」

「ええっと……『あのときの山菜汁はもう食べてしまったから、今度来るときは山菜を倍にしてあげるので、先に連絡をいれること。怪我が治ったら早めにおいで』だって。なに、これ？」

「あ、忘れてた」

そういえば、スープを残しておいて欲しいと言っていたのに、そのまま帰ってきてしまっていた。アストレイアの所在をあの老女が知っているのは、キマイラ討伐の噂が行商人経由などで伝わったからかもしれない。申し訳ないことをしてしまっていたと思いつつ、手紙から伝わる優しさにアストレイアは苦笑いをしてしまった。今度は手土産を持って、会いに行かねばならないだろう。

「ねえ、イオス。すっごくまずいスープ、食べに行かない？」

「……まずいの？」

「うん、とっても。びっくりして心臓飛び出るって思うくらいマズイ。でも、元気な老夫婦と出会ったのよ」

「それは……楽しみ、かな？」

少し引きつった笑顔のイオスは、けれどやがて緩やかなものに変わった。

「じゃあ、まずいのは我慢するから、ちょっとだけ休憩させて」

ゆっくりと肩にかかった重みにアストレイアは少し驚いた。

もたれかかったイオスの髪が頬に当たって、少しだけくすぐったい。

「……ちょっとだけね」

「うん、ちょっとだけ」

甘えてくるのは珍しいなと思いつつ、すぐに寝息を立て始めたイオスを見てアストレイアも心が温かくなった。安心されていることが、心地いい。

（……なんだか、私も眠くなってしまったかも）

無防備なイオスの寝顔をもう少し見ていたいような気もするが、規則正しい寝息は眠りを誘う。

もったいないな、そう思うが、やがてアストレイアは眠気に身を任せることにした。

（起きても、幸せな時間は続くもの）

投げ出された手に自分の手を重ね、アストレイアもゆっくりと目を閉じた。

エピローグ　今は幸せの時を刻む

アストレイアにとって二度目となる砦の酒宴も、やはり主役はイオスとアストレイアだった。

今回はモルガは見張り番とのことで、酔っ払いに絡まれず上座でゆったり座っていられる……はずだったのだが、酔っ払いの代わりはいくらでもいるらしい。

「……隊長。酔いすぎです」

「いいだろー？　お前も飲めよ。次、いつこんな派手な宴会になるのかわからないだろー？　しかも、お前と嬢ちゃん、前よりずいぶんと仲よさげだしー？」

そんなスファレの発言にアストレイアは咽せ込んだ。

イオスはそんなことを言う方じゃないと思うが、軍の規律で身上把握などが必要とされているのだろうか――いや、イオスの驚く顔を見る限りそうではなさそうだ。

「なんだ、これでも俺ぁ隊長さまだぞぉ？　ちゃんと隊員のことは見ていてだなぁ」

「なら、もう少しピシッとしてください。今の様子じゃただの飲んだくれにしか見えませんよ」

「なんだとー⁉」

スファレのグラスを取り上げながら、イオスは無理矢理水を飲ませていた。

たくさん水が零れていたが、イオスに気にした様子はない。

（……イオスも、一応照れてるの、かしら？）

そうだとすれば今の顔がイオスの対外的な照れ顔らしいので、覚えておいたら後でニヤニヤできるかもしれない。

「きみも、どさくさに紛れてお酒飲まない」

「……ばれたか。でも、結構美味しいし悪酔いするほどは飲まないわ」

以前飲まされた酒はあまりにもきつかったが、今、手にしているものはそれほどキツイものではない。甘くて何杯でも飲めそうだ。

「体調が万全になってからね。ほら、レイはこっち」

少し過保護ではないかと思いつつ、アストレイアは苦笑しながら取り換えられたジュースを受け取った。

イオスが人前で呼ぶアストレイアの呼称は『レイ』になっている。

レイなら珍しい名前ではないが、さすがにアストレイアという聖女の名前は目立ちすぎるらしい。いわく、普通は恐れ多すぎて名前をつける人はいないのだとか。

（まあ、それでも二人のときはアストレイアだし。特別感があるのも、悪く、ないかも）

けれどそんなことを考えると急激に恥ずかしくなり、アストレイアは一気にジュースを飲みほした。冷たいジュースで顔の火照りも引いてくれるはずだと信じたのだが、あいにく効果はあまりなかった。

しかし幸いなことにアストレイアのそんな様子は誰も気にしていなかった。

むしろスファレとイオスが注目の的になっていた。ただしスファレはあくまでもマイペースで、水でかなり服を濡らしていてもまったく動じず大きなあくびをし、そして眠そうにイオスに問いかけた。

「そういえばお前ら、いつ挙式だ？　入籍いつだ？」

「「は!?」」

「なんだ、まだそこまで話いってないのか？　ほら、イオスなんてお嬢ちゃんに会ったときからもうメロメロって感じで、肉を食らいながら酔っ払ったときとか……」

「隊長、ちょっと黙りましょう」

イオスは遠慮なくヘッドロックをかける勢いで上官を締め上げていた。

いくら酒の席だとはいえ、ギリギリ許されるかどうかの行為ではないかと思ったが、周囲は逆に盛り上がっていた。ここでは、そう咎《とが》められるようなことではないのかもしれない。

「…………」

しかし、思いがけない発言にアストレイアは思わず動きを止めてしまうし、イオスも耳が赤くなっているようだった。しかし、だ。

「あ、あの、イオス」

「なに」

「たぶんそのままだと隊長さん、泡を吹くけど……」

「あ」

そう、イオスの力はとても強いことを、忘れてはいけないのだ。

解放されたスファレは勢いよく咽せ込んでいた。

「ったー、ちょっとからかっただけでひどい目に遭ったなァ」

「自業自得ですよ」

「お前は謝れ」

「いやですよ」

そんなイオスとスファレのやりとりにアストレイアは肩をすくめた。

「そもそも、婚姻までって早くてお付き合いが最低一年、婚約してから一年の期間をおいてからのものでしょう？　そんなにすぐ『さあ、今から！』なんてできるものではないでしょ」

「「え？」」

「え？」

何か、おかしいことを言っただろうか？

そう思いながら首を傾げるアストレイアだが、おかしなことは言っていないはずだ。

「ま、まぁ、一年は最低ラインだからもっと長い場合も多々あると思うけど……今って二年？　もしかして三年？　そんなに延びてたり、する？」

戦争がひどくなってからは短かったこともあるが、平和な時代ならそれくらいが基準だったはずだ。もしかして、そんなに急《せ》くなということなのだろうか？　常識とずれているのだろうか？

困惑するアストレイアの眼前にいるイオスとスファレは頬を引きつらせていた。

「嬢ちゃん、だいぶ古風な習慣がある地方の出身か？　こりゃ、イオスフォライトはいけると思ったら早めに言っとかないと、あとでだいぶ待たされることになるぞ」

「……ま、まぁ、婚約から一年以上って、結構ありますね。そこそこ由緒ある名家でも今だと半年程度、ですよね」

「下手すりゃ王族でもそんくらいだぞ」

……なんだか、思っている状況と現在は違うらしい。

しかし、そんなことなどまだ考えられないアストレイアはひとまず聞こえなかったことにした。

（で、でも古風な習慣と言われるなんて。……私の常識、思っている以上に世間の常識からずれてることがほかにもあるのかもしれないな）

そうなると、まずい。恥をかかないよう、文字の読み書きに加えて一般常識も勉強しなければいけないだろうなと思った。

「って、あ、そうだ。イオス、これ」

「うん？　あ、お守り」

「うん。とりあえずポケットに入れておいて。後だと渡し忘れるかもしれないから」

上手にできたとまでは言いがたい作品だが、ひとまず問題なくは仕上がっているはずだ。文字だって現代文字とは違い自分の知る文字なのだから、間違えているはずもない。

「……ねえ、レイ。ちょっとここ、増えてない？」

「え、そう？　気のせいじゃない？」

「いや、けっこう増えてるみたいだけど……なんて書いてあるの？　前のが足りてなかったのって、ここ？」

イオスの指摘を、アストレイアは流そうとはした。だが、思った以上にイオスの記憶力はよいらしい。知らない文字だろうから、文字数が多少変わっても気付かれないと思っていたのに。

「たいしたことじゃないわ」

「たいしたことじゃないなら教えてくれてもいいよね」

「気にするほどのことじゃないって言ってるの。イオスの言う通り、前の不足してた文字なだけだから」

絶対に、言えない。絶対にとぼけてみせる。

（絶対、絶対……私の知ってる、あの時代の婚約の申し込みの言葉だなんて、言わないんだから……！）

それは、どうせわからないだろうと思って刺した言葉だ。

『太陽と月を貴方《あなた》と私で数えましょう』

今の世では古くさくなる気がして、口にすることはこれからもないだろう。たとえ、実際に婚約を申し込む場面でも、と思っていたのだが――。

（というか、今の私の発言と合わなさすぎるでしょうが！　お付き合いだってまだ日が浅いのに……なのに、なのに！）

やっぱり絶対に言うわけにはいかない‼　そう、アストレイアは固く誓った。

「ねえ、レイ」

「たいしたこと書いてないってば」

「だったら」

「お前ら、いちゃつくんならいい加減よそでやれぇ！」

暴れ出したスファレに「ナイスアシスト！」と、アストレイアは心の中で叫んだ。

いちゃついていたつもりはないが、これで話は終わりだ！

これで食事に集中してしまえばいい、そう思っていると勢いよく腕を引っ張り上げられた。

「出るよ」

「出るって……宴会は？　いいの？」

「いいでしょ、よそでって隊長命令が出たんだ。隊長、あとはよろしくお願いしますよ」

イオスはそう言うと躊躇いなく部屋から出ていく。

宴会の騒《ざわ》めきは徐々に遠ざかり、廊下には足音だけが響き始めた。

「もう、勝手なことしちゃって」

「いやだった？」

「……別にいやとかじゃないけど」

ただ、後日冷やかされると思ったら少し引っかかるだけだ。話が逸らせたのはありがたいが、そうなってしまえばたまらなく恥ずかしい。

「でも、あそこじゃアストレイアって呼べないし」

「……」

「俺たちは主役なんだから、好き放題させてもらってもバチは当たらないよ」

それは、えらくずるい理由だと思う。

アストレイアが咎めることなんて、できるわけがないのだから。

「じゃあ、私もイオスフォライトって呼ばせてもらおうかな……って、ちょっと、なんでつまずくのよ」

初めて本名を呼んだ瞬間にタイミングよく躓《つまず》かれる恋人の気持ちが彼にわかるだろうか？

下手をしたら聞こえていなかったのではないかと思ってしまうが、「びっくりした」と言ったあたり一応は聞こえていたようだった。

「ごめん、でも、その、アストレイアが言うと思わなかったから」

「……じゃあ、もうイオスにしとく」

「ごめんごめん。でも、時々呼んでくれると嬉しいよ」

「時々？」

嬉しいと言うわりに、そんなに嬉しそうに聞こえないのはどうしてだろう？

「だって俺、前にも言ったけどイオスって呼ばれるの、好きだし」

そうしてイオスははにかんだように笑った。

それは、スファレのときとは違う、照れ隠しではなく明らかに照れている言葉であった。

「……勝てなさそう」

「うん？」

「なんでもない」

アストレイアは手で顔を覆ってしまった。

（心臓、一つでたりるんだろうか）

激しく動いている心臓に、ああ、今、生きているんだと思わされる。

「ありがと、イオス」

そして、そのままアストレイアはイオスに飛びつき、首に腕を回して抱きついた。

突然のことにイオスも一瞬よろめいたが、それでもしっかりアストレイアを抱き留めた。

番外編　温かな光が灯る家

その問題は、ほぼ完全にアストレイアの傷が癒えた頃にイオスの言葉で発覚した。

「新しい家、どうする?」

「え?」

思いがけない言葉にアストレイアは首を傾げ、そして気がついた。確かに怪我が治っても今の自分が森で生活するのは難しい。飛べば済むとはいえ頻繁に街に出て買い物をするのも面倒だし、そもそも衣食住、どれをとっても人間としての生活力がアストレイアにはたりていない。

「……そうね、ひとまずどこかを借りないといけないわね」

今のところ金銭的な心配はないが、せっかくならできる仕事も探してみたい。そう思えば、やはり街に住む必要はあるだろう。

それに森に戻れば、イオスに会える回数も減ってしまうのも問題だ。

「……ひとまず小さい部屋を借りようかしら。いいところが見つかるまでは宿でもいいかもしれないわね。街に慣れたら住みたい所もわかると思うし……。でも、まずは食堂に近いところを探そうかしら」

食材はどこでも購入できるだろうが、料理ができない今は食事がとれるところを優先しなければいけないだろう。空腹では戦はできない。戦の予定はないが、万全の状態は大事である。

(あとはイオスに会いやすいところがいいけど……それは街の中ならどこでも一緒よね)

そう考えながらイオスを見るとアストレイアの頬は熱くなった。

(いけない、いけない。落ち着け、私。はしたない)

咳払いをして視線を逃した。

しかしそのアストレイアとは対照的にイオスは長い溜息をついた。

「……どうしたの?」

まさか自分の考えを読まれてしまったのかと少し怯えつつ尋ねると、イオスは軽く横に首を振った。

「いや、ごめん。結構気合い入れたつもりだったのに、緊張したら言葉がものすごく足りなくなった」

「えっと……何が?」

特に気合いを入れるようなことではなかったのではないかと首を傾げたアストレイアに、イオスは少しはにかんだような表情を浮かべた。

「一緒に住まないか?」

「え?」

「せっかくだし……って、つもりで言うつもりだったけど、ごめん、言い方が悪かったよね」

頭を掻《か》きむしりながら言うイオスに、それでもアストレイアは意味がわからなかった。

「え、そ、え……はっ⁉」

先日、スファレに、自分の知る時代の恋愛に対する常識と現代の常識がかなり異なっていることをアストレイアはこっそり説明されたのだが、それでもイオスの言っている意味が理解できなかった。

イオスは恐らく妙なことは言わないだろう。そう、わかってはいるのだが……しかしあまりにも突飛《とっぴ》な誘いには戸惑わずにはいられなかった。なぜならスファレの説明にも同居のタイミングの話はなかった。いくらイオスのことを好いてるとはいえ、いや、好いているからこそここで頷くべきなのかわからない。さすがにイオスも冗談でこんなことは言わないと思うのだが、アストレイアにとってはたとえ冗談でも難易度が高すぎる話である。

そんな意味のない短い声で慌てるアストレイアに対し、イオスは苦笑していた。どうやらアストレイアの反応は予想範囲内だったようだった。

「生活するにしても、きっとたぶん最初は不慣れなことが多くあると思うんだ。そうなると困るでしょう」

「あ……そ、そうなんだ……？　うん、そうだよ、ね……？」

「さっきアストレイアが食堂の近くって言ったのも、食事の心配があったからでしょう？　でも、よく考えて。そこは食べる場所だから作り方は教われないし。でも俺はご存じの通り料理は一応できるし、一緒に作れるし」

確かに困ったことが生じたときにすぐに聞けるのはありがたい。なるほど、これは大変親切な申し出だったのだ。そんなことを欠片《かけら》も思い浮かべられなかったアストレイアは自分を恥じた。

だが、それでも恥ずかしいものは恥ずかしい。

(でも、ここで断るのって、イオスの親切心を無下にしているのよ……ね……？)

アストレイアにとっては常識外の誘いではあるが、イオスが親切心から真面目に言っているのであればこの時代では常識範囲内なのかもしれない。それならば自分の羞恥心《しゅうちしん》よりも親切心を優先させるべきだ。むしろここで断固拒否となればイオスを激しく嫌っていると思われる可能性もあるわけで。

だいたい、アストレイアだって一緒に住むということがいやなわけではない。

「よろしく、おねがいします……」

そう結論づけたアストレイアはおずおずと、答えを伝えた。それに対してイオスも笑みを深めた。

「まあ、今のは建前……というわけじゃないとは言わないけど」

「え⁉」

「冗談……」

「だよね」

「だと思う？」

「え⁉」

その表情は明らかにからかっているようなものだが、すでにアストレイアにはどう抗議していいものかわからなかった。冗談であれば怒るべきだと思うが、冗談でないのなら熱烈な告白ではないか。いや、すでに両想いではあるはずなのだが。

しかしそうやって焦ってしまっていたおかげで、気付けばイオス主導のもと「この辺りはどうだろう」「この辺なら間取りも問題なさそうだけど」などと話はどんどん進んでいってしまっていた。

そうしてそれから数日後、アストレイアは一度森に戻り荷物をまとめた後、新たな住まいに引っ越すこととなった。もともと荷物は褒美の類しかないので、まとめるのには大して時間はかからなかった。

しかし、だ。

「……ねえ、アストレイア。もしかして、これ、あそこにずっと置いてたの？」

「ええ」

「金庫、新調しようか」

アストレイアの持ち物を見たイオスは防犯意識が違い過ぎると頭を抱えていた。アストレイアに言わせればあの森には人などやって来ないのだから防犯など関係ないし、そもそもこの新居だって金目のものがありそうには見えないのだから心配はないと思うのだが……やはり価値観は大きく違うらしい。

「……そういえば今更だけど、イオスって軍の規則で住むところが決まってたりはしないの？　手続きとか大変じゃなかった？」

「うん？　ああ、おそらく王都だとちょっと手続きもあるけど、ここは街全体が小さいから招集に時間もかからないし、城壁の中であればどこでも自由に住んでいいらしいよ」

「そうなのね。……王都もきっと広くなっているのね」

アストレイアの記憶にある王都でもこの砦の街よりは大きかった。しかし、ここを小さいと言いきるほど広かったわけではない。長い年月が経っているので当然のことだと思うのだが、改めて口にすれば不思議な気にもなった。

「すぐには難しいけど、いつか王都にも行こうか」

「別に、王都に行きたいわけじゃ……」

「アストレイアが興味なくても、王都にいる俺の両親にも会って欲しいし」

「……」

「気が早い？」

「いつ行くかは先に言っておいて。心の準備、ちゃんとしておくから」

断るつもりはないが、唐突な申し出を受ければ、まともに顔を合わすことも困難だった。

しかし、それならアストレイアも一つ願いたいことがある。

「……あのね、私にもイオスに会って欲しい人がいるんだけど……構わない？」

「アストレイアの知り合い？」

「ええ。王都の近くにいるわ。姿は私にも見えないけれど、たぶん行けば長い間顔を見せなかったって怒る、懐かしい仲間たちよ。……まあ、王都近郊以外にもいるんだけど」

アストレイアの言葉に、イオスは一瞬目を見開いた後、すぐに笑った。

「いいよ。ただ、アストレイアの仲間となると軍の大先輩だから、きちっとした身なりで行かないと怒られそうだね」

「お願いね」

ただ、だらしないイオスは今のところ見たことがないので、そんな心配はしていないのだが。

(唯一だらしないといえば、お酒には弱いらしいけど、私はまだ見てないし)

無理に格好の悪いところを見たいというべきでもないことはわかるのだが、酒の場で彼がどんなことを言ったのか、話の当事者であるらしい立場からすれば非常に気になる。

「……どうかした?」

「いいえ、何でもないわ」

いけない、いけない。

イオスにも隠したい話があるだろうし、勝手に聞いてはいけないことだってあるだろう。

(一緒に暮らすんだし、そのうち晩酌《ばんしゃく》ってなれば知る機会だってできるかもしれないわよね)

そう思い直してアストレイアは首を横に振った。

「じゃあ、俺はこっちの部屋を使うから。アストレイアはそっちの部屋でいいか?」

「うん、ありがとう」

自室に入ると机やベッド、それからカーテンが整えられていた。机の隣には全身鏡も置かれており、身だしなみを整えるのも苦労しないだろう。ベッドに近づけば新品のシーツは糊《のり》がパリッときいていた。

（……うん、家具も新調しないといけなかったのよね）

完全に失念していたことを知り、そしてイオスの手際のよさにアストレイアは頭を抱えた。なければないで一晩くらい床で寝てもいいと普段は思うが、あるならそれに越したことはない。

「よし、私も先回りできるように頑張ろう」


そうして新たに始まった新生活、二日目の朝。

アストレイアは出勤したイオスを見送って、それから朝食の後片付けをしつつ呟いた。

「……それで、これからどうしようか」

ちなみに朝食を作ったのは言うまでもなくイオスである。ふわふわとした挽肉入りのオムレツ、カリカリに焼かれたベーコン、それから新鮮な野菜にクルトンがのったサラダ。牛乳は朝、台車を引いた牛乳売りから買ったとのことだが、そのような販売方法があることをアストレイアはイオスから言われるまで知らなかった。

なぜならイオスが牛乳を買っていた頃、アストレイアは完全に眠っていたからである。

新しいベッドも枕も非常に寝心地がよく快眠できた。

（でも、でも……！　朝起きて、何か手伝おうと思っていたのに……‼）

さすがに一人で作ろうとは考えなかったが、それでもさっそく気合いを入れようとは思っていたのだ。それにも拘らず寝過ごしてしまえば、アストレイアとしても多少気持ちが凹《へこ》んでしまう。イオスには「ゆっくり寝れたならよかったよ、場所が変わると寝られない人もいるし」などと言われたが、落ち込むものは落ち込む。完全に自分で自分の出鼻をくじいてしまったのだから。

「……とりあえず、お皿洗いは上手くできてるかな」

一応魔術を使わない皿洗いは四百年振りくらいになるのだが、この任務は問題なく遂行できているだろう。魔術で洗浄することも一応できるが、洗濯同様、少し手荒になってしまう。割ってしまえば大変だ。

「そういえば今日はイオスの帰りは遅くなるんだっけ」

朝食のときに『今日は遅くなるかもしれないから、外で食べておいて』と言われはした。イオスもきっと外で食べてから帰ってくるということだろう。

「……」

そう、食べに行けばいい。食べに行けばいいのだが、アストレイアは少し悩んだ。

もともと食事のために食堂の近くに住みたいと希望したのはアストレイアだが、イオスが作った朝食を食べた今、より早急に料理を学ばなければならないような気がしている。

そうだ、イオスがいないのならば失敗しても問題ない。

それならば、こっそり練習するのはどうだろうか。森でイオスが簡易な調理をするところだけは見ているのだ。

「見よう見まねでどこまでできるかわからないけど、お昼と夜、二回は練習できるんだから」

もちろん無計画に作るつもりはない。材料を無駄にしては食材に申し訳ないことになる。

「うーん……ここは買い物ついでに、お店で調理法を聞けばいいのかな」

これはどういう風に調理すれば美味しくなるのか、などという風に尋ねてみれば教わることもできるだろう。

「よし、じゃあ片付けたら早く出掛けよう」

肉に魚に野菜……何を買ったらいいだろうか。とりあえず美味しそうで簡単に調理できそうなものを選ぶべきだろう。ならば売り切れる前に早く買いに行こう。

今から掃除を終わらせれば、ちょうど店が開く時間にもなることだろう。


「おや、聖女様じゃないか！　久しぶりだね！」

「こんにちは」

さて、何を買おうかとアストレイアが街を歩いていると、酒屋の女性がアストレイアを呼び止めた。それは以前、キマイラ戦の後に酒を届けてくれた女性だった。

「そういえば、聞いたよ。今度は追加のキマイラに加えて盗賊団を副隊長さんとぶっ潰したんだってねぇ‼　もう、びっくりさせられるよ」

「あはははは……」

戦女神と呼ばれなかっただけマシだというものだが、聖女様で定着してしまったことにアストレイアは苦笑した。

「もう、私たちゃ副隊長さんのお名前まできっちり覚えてしまいましたよ。イオスフォライト副隊長！　よく王都から来てくれたと思わずにはいられないね‼」

だが自分の噂はともかく、イオスが歓迎されているのは嬉しいことだ。

しかし、だ。

「しかも聖女様をお嫁にもらうって、まるで物語の勇者様じゃないか。これはきっと流行りの物語になるって‼」

その言葉には向けていた笑顔を固めることしかできなかった。

「……はい？」

「いやぁ、今度はご祝儀が必要だねぇ‼」

「い、イオスが言っていたのですか？」

「違うよ、ほら、隊長さん。赴任したばかりであっという間に嫁を見つけるんだからなぁって酒をかっくらいながら大笑いしていたよ！」

（あの隊長め……！　まだ嫁にはなっていないって知ってるくせに……‼）

そもそも勝手に部下のプライベートを喋り散らすなど、四百年前でも嫌がられたことを何を堂々とやってのけているのだ。だいたい価値観の違いも知っているだろうに、いやがらせにもほどがあるとアストレイアは心の中で大きく叫んだ。以前イオスが飲んだくれた結果、色々思い出したくない状況を生みだしたという話は、実は酔いつぶれたスファレが幻覚を見ていたのではないかと邪推《じゃすい》しながら、アストレイアは額に手をやった。いや、イオスが酔いつぶれた話には店のマスターの証言もあるので、間違いないのかもしれないが……本当に、色々とあり得ない。

しかし、だからといってここで完全否定していいのかアストレイアは悩んだ。

そう、アストレイアは何だかんだで流されてしまっている結果、未だイオスに同棲という文化は一般的なのか尋ねることができていなかった。いや、特に清廉性《せいれんせい》が求められる騎士の立場であるイオスからの提案なのだから問題ないとは思うのだが……万が一にも例外的な親切心からの言葉で常識から外れていた場合、住民からの心証が悪くなる可能性もある。

(私の肩身が狭くなるだけなら訂正するけど、イオスのほうは立場が立場だし……‼)

ここは、我慢だ。ひとまずは話を流し、後々常識を尋ね、必要があれば訂正するべきだろう。肯定さえしていなければ「実はまだ結婚してないんです。ただの隊長さんの早とちりなんです」などと後で告げても問題ないはずだ。

(それに、いつかはそうなればいいって、思うし……!)

そんなアストレイアの葛藤など知らない女性は勢いよく言葉を続けた。

「いやぁ、しっかし聖女様みたいなお嫁さんがもらえるなんて、イオスフォライト様は幸せだねぇ」

「いえ、そんな、とんでもないです！」

むしろ朝から寝過ごしていたのは私の方なので、わたしにはイオスのほうがもったいないくらいです……などと言えるわけもなかったが、それでもアストレイアはできる限り否定した。しかし女性に気にする様子はない。

「いやぁ、照れちゃって。皆、祝福しながらイオスフォライト様を羨んでるよ。きっと帰宅すれば聖女様がおいしいご飯を作って待っていてくれるんだろうって、よく話されているよ」

その言葉を聞いて、アストレイアは素直に思った。

これはとてもまずいことだ、と。

(買い物ついでに料理を聞こうと思ったのに料理上手って……‼)

とんでもないイメージを抱かれてしまったものだ。自分から大きく見せるつもりなどアストレイアにはないが、期待されたらがっかりさせるということはしたくない。それは、昔からのアストレイアの性分でもあるのだが……それにしてもこれはよくない。少なくとも今、料理はダメだ。

「そういや、聖女様は結構遠い地域の出身なんだって?」

「あ、はい」

「それならこっちの郷土料理も覚えるといいよ」

アストレイアはその言葉に一筋《ひとすじ》の期待を見出し、心の中で拳を強く握りしめた。

(これは八方塞がりからの大逆転……‼)

そうだ、この土地特有の料理であれば知らないというのも当然であって、聞いても聖女のイメージが悪化することも起こらないはずだ。

「あの……では、簡単なもので何か教えていただくことはできますか?」

「ああ、それくらいお安い御用さ! そうだね、貝のバター酒蒸しとかはどうだい? 茸《きのこ》と一緒に煮ても美味しいよ。いや、葉物野菜でもなかなかいいねぇ」

「えっと、それは……」

「普通の酒蒸しなら食べたことはあるだろう？　他の地域から見れば珍しいらしいけど、バターを入れるだけで結構風味は変わるんだよ。ああ、あとこの調味料もいるね、持っていきな！」

酒蒸しは食べたことはあるが、アストレイアにはどうやって作られたものなのか想像がつかなかった。

しかし女性があまりに簡単そうに言うので、その詳細を尋ねることはできなかった。酒で貝を煮ればできるのだろうか？　いや、そんなにひたひたの酒に浸かって貝の酒蒸しが出てきたことがある覚えはない。

遠い目をしたくなるアストレイアに、女性は続けていくつか簡単だと思われる料理を説明した。

「しかしこれだけじゃ聖女様には物足りないわよね、じゃあ、次は……、いや、やっぱりこっちのほうが……」

親切心で色々と説明されるが、アストレイアには何一つわからなかった。お祝いと言われて渡された料理酒を抱きながらそのまま買い物を続けたが、精肉店でも生魚店でも、つまりどこでも同じようなことを言われることになった。

「……」

そして祝いとして商品をもらってしまうため、荷物もどんどん増えてしまっていた。

（どうしよう、これ……）

何をどう使えばいいのかよくわからないまま、食料だけが増えてしまっている。このあと持ちきれなかった米が自宅に届くことにもなったのだが、さて、米はどうすれば柔らかくなるのだろう？

（どうしよう……好意は嬉しいけど、このままだとイオスを疲れさせることになる……!!）

このままではもらった品々を腐らせかねない。日持ちしそうなチーズなどは大丈夫だろうが、少なくとも生鮮食品には何らかの処置が必要となるだろう。

近所に配るという手もなくはないが、祝いの品を調理する前から配るのは気が引ける。

「……」

いくつか保存食の作り方も聞いたような気がするがアストレイアには難しかった。それは理解力が足りないということももちろんあったが、ちょくちょく聞こえてくるスファレが言いふらした色々なことに気が散ったということもある。そのおかげで住民もアストレイアに親しみをもってくれているような気もしているが……何を言ったのか、せめて先に知らせておいてほしい。今後スファレには絶対何らかの制裁を行うとして、今はこの食品をどうするかが先決だ。

「おい、そこのあんた」

「へ？」

「いつになったら山菜汁を食べにくるんだい？」

悩みながらの帰路、アストレイアは聞き覚えのある声に振り返った。

するとそこには以前、森で出会った老女が立っていた。

「お、お久しぶりです。お怪我はもう治ったのですね」

「久しぶりだね。元気そうじゃないか」

「あ、はい、おかげさまで」

しかしその返答を聞いた老女はうんうんと頷いた直後、迫力満点でアストレイアに続けて尋ねた。

「で、山菜汁はいつ食べにくるんだい？」

「……じ、実は一昨日《おととい》まで養生しておりまして、昨日引っ越したところでまだ……」

「まあ、聖女様が養生してたっていうのは私の耳にも届いてたくらいだ。気にはしてないさ」

「あ、ありがとうございます」

肩をすくめた老女は、挨拶代わりにからかったという程度だったらしい。

「しかしあんた、病み上がりのわりにはすごい荷物じゃないか」

「あの、これは……」

かくかくしかじかでいただきました、と、かいつまんで話せば老女は頷いた。

「ふうん。じゃあ、昼食はあんたの家でごちそうになろうかね」

「えっ⁉」

「なんだい、それだけ食材があるのに私に振る舞うのは嫌だって？」

「い、いえ、その……私、それほど上手におもてなしができる自信がないのですが……」

「気にしなくていいよ。食べれりゃ問題ないし、何なら私が作っても問題ないだろ。食材寄越《よこ》して
あんたは手伝いいな」

「はい、それならぜひ‼」

なんと、大変ありがたい申し出だとアストレイアは思わず頷いた。食材はたんとあるのだから、

ありがたく授業料として提供させていただきたい。

けれど、そこでアストレイアはこの老女が作るスープが劇的にまずかったことを思い出した。

「……あの、一つお尋ねしたいのですが……山菜スープは特殊な味付けなのですよね」

「なんだい、あれがいいのかい？」

「いえ、そういうわけではないのですが」

「あれはあの味にする薬草が今はないから、まずは無理だね」

ひとまずあの味にはならないことにほっとしつつも、老女の味の基準が見えないことにはやはり少々不安を覚えずにはいられなかった。


「へえ、なかなか便利なところに住んでるんだね」

「ありがとうございます」

「引っ越したばかりって言ってたわりに生活感があるね。あんたの相方のおかげかい？」

からかうように言う老女の指摘にアストレイアは笑って誤魔化した。どうやら老女の耳にも同居の件はすでに届いているらしい。

（うん、そりゃ、私に手紙が届いたくらいだもの。噂だって聞くわよね）

今さらかとアストレイアは無言で笑ってテーブルの上に食品の山を広げた。

「魚も貝もかなりあるんだね。二種類ずつあるじゃないか」

「はい。でも、あまり保存食は知らなくて……」

「なら、こっちの貝はオイル漬けにしたらいい。今の季節なら一週間は日持ちするだろう」

「えっと……それはどうしたら」

「とりあえず油はあるのかい？」

老女はアストレイアに構うことなく勝手に戸棚を開け、そして「あるじゃないか」とあっという間に瓶に入った目的の物を見つけていた。

「なにやってんだ、あんたもさっさとこの貝を割らないと。身を取り出さなきゃ食べれないよ」

「……ええっと……これはどう割ればいいんでしょうか」

ずいぶん大きな岩のような貝の口をどうすれば開くことができるのか、アストレイアにはよくわからない。そもそもよく見る扇形の貝とは少し違う。アストレイアが尋ねれば、老女は呆れたように言った。

「あんた、それどうやって食べるつもりだったんだい」

「これを見たのは初めてだったので尋ねたかったのですが、色々といただいてしまって、それどころではなくなって……」

嘘ではない、本当の理由の半分を告げれば、老女は額に手を当てた。

「あー……わからなくはないけどね。あんた、人気者だからねぇ。完璧な聖女様って話だし」

「……完璧どころか、私、料理もできないんですけどね……」

目を反らしながらでも言えたのは、この老女が既知《きち》の相手である上にアストレイアに対してなんの期待も抱いていないからだろう。

「ふぅん？　あんた、どれくらいできないんだい？」

「経験が一度もないくらいには……」

「ずいぶん噂と違っているじゃないか」

「そもそも私、この街に来てから昨日までほとんど砦の中にいましたから……」

例外としての外出といえばイオスとのデートのときだけで……と考えたら、顔が熱くなってきた。唯一の外出がデートなんて、宣言するのは恥ずかしい。

「……そんなに恥ずかしがることではないだろうが。別に悪く言われてるわけでもないんだし」

「……」

恥ずかしがった部分は違うが、勘違いされているのであれば、それはそれで好都合だ。あえて修正する必要も感じず、アストレイアはそのまま項垂《うなだ》れるように頷いた。

「まあ、この材料を腐らせるのは惜しいから少しくらいは教えてやるよ。焼く、炒める、煮るが覚えられれば、困らないだろうよ」

「ありがとうございます」

確かに火を通すことができれば、最小限の調味料だけでも素材の味が生きるものになるはずだ。

「まあ、とりあえずあんたの昼の担当はサラダだ。今のあんただと魚の捌《さば》き方どころか芋剥《む》きを教えるだけで昼飯時が終わってしまいそうだからね」

「す、すみません」

「ほら、この葉っぱをちぎって並べる。見た目よくしときゃ問題もない」

その間に老女は沸いた湯の中に殻ごと卵を落としていた。

「あんた、半熟卵は大丈夫かい？」

「え、ええ。好きです」

「じゃあ温泉卵といこうじゃないか」

しかし老女の手際のよさに、アストレイアの中には自分もそのようにできるようになるのか不安が募《つの》ってくる。

「……このくらい大したことないよ。卵を湯の中に入れるだけだよ」

「そ、そうなんですね」

よほど見てしまっていたためだろうか、そう解説してくれた老女の言葉にアストレイアはほっとした。湯に入れるだけなら何とか自分にもできそうだ。そう思えば肩の荷が少しだけ降りた。

「卵の使い方だけでもいくつか種類を覚えておけば便利だよ。少なくとも家の食事ってのは、気楽にやっていいもんだ。じゃないと息も詰まるだろうよ」

そう言いながら老女は今度は手際よく根菜の皮を剥き始めた。

「ここにある道具や調味料を見る限り、あんたのお相手は料理ができないわけじゃないんだろう。頼まないのか？」

「や、その、……教えてくれるという話で一緒に住み始めたんですが……その、昨日から」

「じゃあ、今後きっちり教わることだね。若いうちに覚えておいたほうがいいってもんだ」

老女は熱したフライパンに野菜を入れて炒め始める。なるほど、フライパンというものは先に温めてから使うらしい。そういえば、イオスもそのようなことをしてたな……などと思いながら、アストレイアは小さく零した。

「でも、やっぱりイオスに教わる前に、できることなら作れるようになりたいんです。教えてもらうのも、楽しいだろうとは思うんですが……」

「どうしてだい？」

「だって、ちょっと驚かせたいじゃないですか。私、ずっと彼に驚かされ続けてきましたから。それに、見直してもらいたい、って思うんです」

そんなアストレイアの言葉に、老女は大きく笑った。

「これはとんだのろけを聞かされちゃったじゃないか」

「の、のろけだったつもりはないんですが……。でも、のろけならあなたの旦那様のほうがすごかったんですよ」

「くくっ、じゃあ、あんたがのろけるっていったらどこまで覚悟しておけばいいんだろうねぇ？それから、あの人にも何をのろけたのか聞いておかないとね」

そうして楽しみながら作り上げた昼食を二人でとった後、老女はアストレイアを指導しつつ保存食を作り、暗くなる前に帰宅できるよう、アストレイアの自宅を発《た》った。

「近いうちに、旦那も連れてこっちにおいで。とっておきのスープで迎えてやるよ」

そのセリフに、これは本当に近いうちに訪ねなければいけないとアストレイアは思ってしまった。

「……そのときに、レイって呼んでくださいってお願いしようかしら」

老女にとっては『あんた』で問題がなさそうな様子であるし、アストレイアもそう呼ばれることに親しみも感じてはいる。けれど、アストレイアとしてはそろそろ老女のことを『あなた』以外で呼びたいと思う。

「そうなると、まずは私が名乗らなければ『名乗らないくせに失礼だ』って怒られそうだしね」

このまま老女の名前を尋ねなくとも、不都合があるわけではない。しかし、知らないより知っている方がより付き合いも深まるかもしれない。それに、もう人の目から隠れなければならないと恐れる必要はない……名乗ることを避ける必要も、ないのだから。


その後、夕暮れ時を待ってからアストレイアはスクランブルエッグの練習をした。ダイス型に切ったチーズを加えて仕上げたそれは、葉物野菜と一緒にパンに挟むことにした。一応、バターロールサンドの完成である。

「本当はオムレツを作りたかったんだけど……」

そう思って老女にも教えを請《こ》うたのだが、残念ながらアストレイアはうまく卵を纏めることができなかった。それでも、バターロールサンドも朝食としては充分見栄えがするはずである。卵も、一応殻を入れずに割れるようにはなっている。ちなみに失敗作になったオムレツは「胃に入れば同じ」と老女が家に持ち帰った。

（オムレツも練習して、イオスみたいに上手になるつもりだけど、それはまだもうちょっと先で……！）

アストレイアはそう誓いつつ、まずは仕上がったものを試食しようとした。

これで成功していれば、明日の朝も同じものを作ってイオスに振る舞ってみよう。

そう思い、口を開いたときだった。

「ただいま」

「え、おかえり？」

遅く帰ると言っていたはずのイオスが帰宅した。アストレイアは思わずパンを皿に戻し、立ち上がってイオスのほうに向かった。

「どしたの？　今日、遅くなるんじゃ……」

「いや、ちょっと予定がずれて。またすぐ出るけど、シャワーだけでも浴びようと思って戻ってきた」

どうやら仕事が終わったわけではなかったらしい。

「それは、本当にお疲れ様。でも帰ってこなくたって、砦で休憩してたほうがゆっくりできたんじゃない？　シャワーくらいあるんじゃないの？」

「……」

この沈黙はなんだろう。

不思議に思って首を傾げると、イオスは苦笑していた。

「せっかく帰れる理由を見つけたんだから、帰ってきてもいいと思うんだけど……」

「え、あ、うん？」

これは、もしかして会いたいということを遠回しに言われた……のだろうか？　しかしそれが思い過ごしであれば、とんだ勘違いで恥ずかしい。いや、徐々に遠回しでもなんでもなかった気もしてくる。

「……」

「……」

「えっと、シャワーだよね。私、お湯、温めるよ」

本来なら先に湯を沸かさないと使えないシャワーだが、アストレイアの魔術なら一瞬で沸かすことができる。コックをひねるときに自分で適度に水を混ぜればいいのだから、細かい調整も不要なのだ。

イオスも時間がないなら早く浴びたいだろう――そう思ったのだが、あいにく彼の耳にはその提案は届いていないようだった。

「イオス？」

「……あのさ、それ、夕飯？」

「え？　……あ、うん」

どこを見ているのかと思えば、イオスの視線はアストレイアがまさに食べようとしていたバターロールサンドに注がれていた。

「……もしかして、作った？」

「…………い、一応」

明日の朝に驚かせるはずが、すでに気付かれてしまった。そう思うと、少しタイミングが悪かったと頭を抱えたくなる。アストレイアが調理するなんてことはイオスの想定にないだろうに、この距離でも一見してアストレイアが作ったものであるとわかるということは、非常に見栄えが悪かったのかもしれない。出来としては合格だろうと思っていたが、それも自分の欲目だったのだろうか。

（胃、胃に入れば一緒だけど……食欲落とすほど酷い出来上がりに見えてるのかな……？）

もしもそのようなものであれば、イオスに食べてもらうなど夢のまた夢である。

しかしイオスの口から飛び出したのは、いたたまれない気持ちを抱いたアストレイアの予想とはまったく無縁の言葉だった。

「それ、俺が食べてもいい？　シャワー、あとでいいや」

「……え？」

「だめ？」

「いや、いいんだけど……」

明日の朝食としてイオスに食べてもらおうと試作したものなので問題はない。しかし、これはあくまで試作品だ。

「……そんなに、美味しくないと思うよ？」

あまり言いたくはないが、それでもアストレイアは忠告せずにはいられなかった。大きな失敗はしていないと思うが、味見もしていないので本当に自信がない。そして少なくともイオスが作ったオムレツのほうが美味しいのは、確実だ。

（いや、それは味見しても変わらないと思うんだけど……でも、自信がないっていうか……！）

それでもイオスはアストレイアの言葉を気に留める様子はなかった。

「そんなことない。だって、一生懸命作ったんだろ？　すごく美味しいと思う」

「あの、本当にあんまり期待し過ぎないで……‼」

アストレイアのその言葉と、イオスがバターロールサンドを口にするのは、一体どちらが早かっただろう。

咀嚼《そしゃく》するイオスをアストレイアは目を見開き、息をするのも忘れて見つめてしまった。

そして、イオスはゆっくりと口を開いた。

「うまい」

その声が聞こえたとき、アストレイアは身体が硬直してしまった。

イオスは笑みを浮かべているが、未だどこか信じられなかったのだ。

「ありがとう、ごちそうさま」

瞬く間にパンを一つ食べ終えたイオスは、とても満足そうだった。

しかしそれでもなお、アストレイアの気持ちは落ち着かない。

「あの、その、本当に……」

美味しかったの？　そう尋ねたアストレイアに、イオスはなおも笑い続けた。

「毎日これでもいいくらいだよ」

「それはさすがに大袈裟《おおげさ》でしょ。でも……そんなに喜んでくれるなら、もう一つあるのも食べてほしいな」

「いいの？」

「うん。私、ほかにも食べるのはあるから」

いくらなんでもお世辞が過ぎると思いつつ、けれど二つ目のバターロールサンドを食べ始めたイオスをみて、徐々に喜びが湧きあがった。

（本当に、そこまで美味しいかはさておき……こんなものでここまで喜んでくれる人って、きっとイオス以外に見つけることはできないわ）

街の皆が想像する聖女様と比べればずいぶんへっぽこではあるけれど、それでもイオスにこれほどの笑みを浮かべさせることができるのだから、今の自分としてはギリギリで合格だろう。

しかし、だからといってアストレイアも決して現状に満足しているわけではない。

（少なくとも、イオスと同じくらい……ううん、もうちょっと上手に料理ができるようになるんだから……!!）

絶対に毎日バターロールサンドでもいいと言ったことを後悔させるくらい、もっと美味しいものを食べてもらえるようになろうと、アストレイアは心に決めた。

かつて聖女と呼ばれた魔女は、

＊本作は「小説家になろう」（https://syosetu.com/）に掲載されていた作品を、大幅に加筆修正したものとなります。
＊この作品はフィクションです。実在の人物・団体・事件・地名・名称等とは一切関係ありません。

2018年3月20日　第一刷発行

著者 …… 紫水ゆきこ

イラスト …… 縹 ヨツバ
発行者 …… 辻 政英
発行所 …… 株式会社フロンティアワークス
〒170-0013　東京都豊島区東池袋 3-22-17
東池袋セントラルプレイス 5F
営業　TEL 03-5957-1030　FAX 03-5957-1533
アリアンローズ編集部公式サイト　http://arianrose.jp
編集 …… 福島瑠衣子
フォーマットデザイン …… ウエダデザイン室
装丁デザイン …… 鈴木 勉（BELL'S GRAPHICS）
印刷所 …… シナノ書籍印刷株式会社